2016年度诗人选

朱零 编选

作家出版社

目　录

2

3

张执浩

张作梗

阿 信

牵马经过的树林

落叶这么多
居于高处的，在向低处偿还
踩在上面，阵阵疼痛、破碎、尖叫
……密如阵雨。秋天深处
有人使劲擂鼓

桑珠寺

桑珠寺供养的神，脸是黑的
这是长年被香火和油烟浸润、熏染的结果
崖畔的野杜鹃花瓣缀满露水。槛边
一株丁香树枝条探进雾气
水声溅响却看不见来路
我的司机当箐，在昏暗灯前
认出表弟。那个穿袈裟的孩子
脸是黑的，鼻尖上面有一点白，但眼神清澈
他哥俩悄声说话，我在佛堂燃香、点灯
这里的神
脸是黑的，鼻尖上面有一点白
入门看见，厂只灰鸽，在廊下空地
跳来跳去。鸽子的眼神，清澈无邪
与那孩子的一般无二

扎尕那女神

万考母亲，一位隐居乡间的
牛粪艺术家。确认这一点
在一个野菊灿烂、空气凛冽的秋晨
牛粪在场院摊开，万考母亲，把它们
一坨坨摔粘在石砌的外墙上
阳光刺眼，藏寨明亮。扎尕那
一幅凸浮神秘图案的墙面，正在接受
逡巡山间的雪豹和莅临秋天的诸神检阅
万考母亲叉着腰，站在她的作品下面
全世界的骄傲，集中在
挂满汗珠的前额上。我和万考
起早拜谒涅干达哇山神
从山道下来，远远看见大地上的作品
如此朴素、神秘
即使自然主义艺术世界的
那些大师，也要为此深深震撼！
而我知道，万考母亲
还是一位附近牛粪的收集者
她知道在哪里弯下腰，可以捡起
这些藏在乱石和草丛中不起眼的东西

西　北

在我们西北，有帝师、长老、魔法大仙、种桃子的人
有一天，他们也要老去。胡子越长越长，天塌下来，

他们也顾不上

在我们西北，认识一个人。某某，或某某，有名有姓
有据可考：来自大槐树下，与你的祖上，三代姻亲

在我们西北，雪片大如席，人情大如天。一声老乡，盘
　　腿上炕
八百里秦川，比不上董子塬一个边边

在我们西北，天下之大，一座羊圈
十八路诸侯，六十四烟尘，一袋旱烟，半晌罐罐茶而已

在我们西北，太阳不叫太阳，叫日头。夸父不叫夸父，
　　叫瓜娃子
山寨叫堡子，皇帝叫爷，再大的葱，没栽过也见过

在我们西北，不扯虎皮做大旗。有一是一，有二是二
老子青牛过函谷、涉流沙；孔子没来过，确确实实，爱
　　谁谁？

在我们西北，大漠孤烟直，长河落日圆
两个诗人：一个王维，一个李白

在我们西北，一条路，丝绸之路；一条河，就是黄河
一座羊圈，那是敦煌，爱信不信

在我们西北，祖国叫家国，先家而后国，保家而卫国
黄河是母，秦岭为父，赳赳老秦，一息尚存

在我们西北，血是热的，火是烫的，心是疼的

冷的冰的是三九天，是说话不算，是喝酒不干

在我们西北，五谷酿的叫酒，头割下来碗大个疤
血和雪，声母韵母，分不大清。情和义，朝代更
　　迭，换血买盐

在我们西北，两个姐妹：生下汉唐、吐蕃、大夏、
　　匈奴和柔然
三个兄弟：一个叫贺兰，一个叫祁连，一个叫天山

乌鸦笔记

1

北方，睡眠深沉
乌鸦的巢，筑在
梦与醒的边缘：寒林一带

2

除非捡根树枝，在雪地上画圈。否则
乌鸦眼中，你就是一个
荒诞的人

3

乌鸦蹲在树枝上。雪花
静静下落……雪花，总是先经过乌鸦
然后才抵达地面

4

今年冬上，父亲去了
我真实的想法：让他带上
一只乌鸦上路

5

乌鸦不能理解之欢欣，我亦不能
乌鸦不能理解之哀痛，我稍解之

6

与一只乌鸦的隐疾对应
我多年的心病，是不能陪它
一起痛哭

7

把乌鸦比作一枚炭核
它的周围：
枯枝返潮，冰雪融化，春水泛滥

8

可能是一只。也可能
是无数……只要出现
旺藏一带的黄昏，就降临了

9

青稞地上盘旋的那只
与眼前雪地上的这只，是同一只吗？
与那年在夕暮中的桑科草原，把影子
投入河水的那只呢？

10

新嫁娘。当乌鸦出现
在新婚次日早晨夫家的院墙墙头
你要敛首、低眉，在内心作答
以此抓牢手边的幸福

11

夜晚不宜谈论乌鸦。但像这样
在一首诗中，却并无不妥

12

我不能与一只乌鸦签订条约

13

没有比一只乌鸦的隐喻
更让人无措的了。它
凭空增加了一本书的重量

14

在一座大山深处，一直挖下去
会不会拎出一打乌鸦的尸骸？

15

乌鸦翻着白眼
我袖着手。两者之间，隔着
不止一场雪

花喜鹊

又一个老人上路了。我把头刚磕地上
就听见花喜鹊在身后的院墙上"喳"地叫了一声。
待我回头，它扑棱着翅膀，倏地飞走了。
从童年开始，花喜鹊每次出现
都要从我身边带走一个人，记不清一共有多少次。
有个孤老头，每次都说："快把我也带走吧。"
可花喜鹊总是带走还没有准备好的人。

老家屋顶的天空

旧年的柴火垛，已经发黑。
新鲜的玉米秸秆越堆越高。
天空始终是蓝色的——

一棵明亮的柿子树以此为背景。

清明，忆什川梨花

春天来了，什川大地亡佚百年的白门故人
纷纷回到岸边坐定

乘着羊皮筏子，来到这蜂群嗡鸣的河谷、盆地
在岸边坐定

黄土高坡盛大的灵堂，大河拐弯处
堆放的香雪和蝴蝶

四月的风
不忙着把它们遣散、送回

拍拍膝上的尘土，细雨中，我一一辨认
仅仅是辨认，不是唤醒，也不想着尝试说出

暴雨中的玉米林

暴雨抽打墨绿的玉米林像抽打
暮年的大海。

暴雨抽打墨绿的玉米林像抽打
一架青春钢琴。

当我还是孩童的时候，暴雨抽打墨绿的玉米林
像抽打病中母亲，一盏飘摇的灯……

白 玛

本镇即日

中午，吃了三个煮土豆；黄昏，吃了一份腌卷心菜。
两个山居的朋友披着寒气推门进，后面却没有跟着
猎枪和熊。在我们镇上，连镇长也在抱怨
一场梗阻的雪迟迟不落到他土气的灰毡帽上
朋友们吃着面包蘸沙拉说笑着
我明显心神不定
我将一封火一样跳动的远方来信慌忙丢在窗台上！

我最亲爱的

在伶牙俐齿的世界里我变得口拙
角马般的人群中迎向你
从前有无数弱小或宏大的事物被我爱着
如今抛开一切爱上你

在词语的密林里我口拙
在放大的春日里我口拙
在古老时光不肯歇息的提问下
在一支歌行进到哽咽时

忽忆你爱我

黑夜柔软，四处飘着你，你的气息
白天无可躲藏，我奔向你，近看却不是你
雨水替你说。雪花是你在变魔术呵
旷野一阵急风，好像有你伸手蒙住我的眼睛，那是我们
　的游戏
路旁每一朵花都是你的安排，每一棵树都能护送我回家
当阳光驱逐乌云，亲爱的，我流泪是因为掩不住幸福

一个有缺点的人

走路时摔跤，喝水被呛着，偶尔哭泣如蚊蝇
这是一个有缺点的人。是命运的小小疏忽
五官不够精致，疼爱不够多，肌肤忽冷忽热
这个有缺点的人，怎么配做我的影子
怎么配和我展开一章恋情？
我是糊涂的，好像掉了魂
我是被时光的大手蹂躏的，被旅途半路抛弃
这一个，有缺点的人
我迷上她同时毁掉我自己

爱　你

爱过糖果店的胖姑娘，爱过被英雄救起的美人
爱过天空孤独的鹰，以及墓碑上的一个名字

爱放弃和撒谎。除了牙齿以外，爱着五官
偷偷爱过沉实的保险柜；拿人不当一回事的大海
爱过梦里来访的驼背神仙，爱许下的愿
洗过手，洗过脚。在又细又凉的嗓子里，爱你

天色熹微

小声说出细碎的疼，水草之乡的缱绻
小声喊出你的名字，隔夜的泪痕正消失
如果长翅膀的马车把我带去你身边
笑容和朝阳一起舒展
而篱笆守住花园的心事，知更鸟回了家
如果慈爱的阿塔舅舅能够耐心倾听
我就说说恋爱的美妙与烦恼
如果树上的松鼠不来偷听，我就不会脸红
我就说说夜晚那些甜蜜的事情

安 放

活着时，我把身体安放在你怀里
把灵魂安放在一首诗的僻静处
死后，我把身体交给一个孟浪的大海，灵魂托付给
有菟丝子和蜀葵花摇摆的迷人的黄昏
哎！真是一个生于安乐、死于安乐的人啊

这都是天生的

我脸上的雀斑是天生的，坏脾气也是
我们这个小镇紧紧依偎着的大海是天生的
月光在海面上撒下的碎银子也是
寂寞的日子里，我想有一匹天生的
野马带我去天生的远方
如果爱情和诗歌是天生的，那么苦难也是
大地上透着悲凉的丰收之歌也是

我的村庄

老屋和火红的石榴树不见了
全村老少站在寒风中默默送行的葬礼不见了
大雪封住通往二疙庄集市的小路
三只命不由己的哭泣的山羊不见了
夹着青草味的炊烟不见了，祖母也就不见了
梁平王尚未西征，点亮乡村之夜的瞎子说书人不见了
那些演绎在山东大地一隅的
一个小村落的小人物的生死悲欢都不见了

私　奔

我愿意和一头狮子私奔
我愿意和一艘远洋轮私奔
我愿意和龙卷风私奔

我愿意和掌管黑暗的神私奔
你管得着吗
我情愿依附于这些强大的事物
谁说我只配跟一个魔术师浪荡四方？

复 活

我确信一段苦涩的爱情能借一口井复活
一棵树能依靠整夜不间断的祈祷辞复活
一匹良马能打着响鼻在纸上复活
眼熟的一道闪电从乡下来到城市的天空复活
因为大地上依然有太多的美、太多秘密
诗人和女祭司同时选择了我，她们得以复活

野百合也有春天

苦扁桃有春天
榆树和接骨草有春天
银簪子锈了又亮，未亡的人有春天
我生来是个哑巴，我有春天
清晨，车轱辘驶过泥泞路
我看见不说话的野百合也有春天

无词之歌

爱你甚深，我只能唱首无词歌
好像潮水向大海唱出昼夜不停的依恋之歌

好像时光对我的催促之歌
我一个人在路上
偶尔唱到这首歌中的哽咽部分
或者阔别重逢的停顿时
当晚星如泪珠坠落青草地，四野沉静
我又想起你啊
这歌胜过大地上所有语言、所有的诗

带刀疾行

如果白玛措姆家的小羊羔认出主人来
那个贪玩的姑娘跑哪去了
如果老鹰不稀罕赞美，唱那些歌有什么用
刀睡在脏极了的长靴怀里，呼唤有什么用
马蹄亲吻格桑花　　哥哥呀
白玛措姆整夜未眠有什么用

失　败

减肥失败，恋爱失败
一次去往沼泽地的旅行失败
烤面包、练倒立失败
画一只豹子来到北京的金山上失败
做白日梦失败
制止发达的泪腺失败
劝一个患了口渴症的人投河失败
这头叫作失败的野兽操纵我
我渐渐变温顺，像是自己的前任

像快要腐烂的水果信任无限春光
就在昨天，给一个孤僻的人发纸条失败
驱逐一只窥视我的蝎子失败
因为饱尝失败，唯有晒出我黄金蟒的文身

夜 晚

在蒙面人唐突的造访里，夜晚有些走形
有些吝啬：声音和面容被藏起
身份被藏起。小偷和电线杆、要账鬼和负心郎
被夜晚包庇。这一切可疑、可挪动自如
另外一些属于寂静，只好
安排它们各怀心事，安排它们迅速入眠
在无人的小旅馆里，我却异常清醒
梦见噩梦。在黑暗里吞吃胡桃
在黑暗里一遍遍回忆穿墙术
一棵植物在角落注视身上的陈旧性伤害
一只手试图占有灯绳
你瞧，这已不像白天形迹诡异的我
夜晚总会有些夸张
让我一会儿像淑女，一会儿像带着蛇的杂耍艺人

陈先发

寒江帖

笔头烂去
谈什么万古愁

也不必谈什么峭壁的逻辑
都不如迎头一棒

我们渺小
但仍会战栗
这战栗穿过雪中城镇、松林、田埂一路绵延而来
这战栗让我们得以与江水并立

在大水上绘下往昔的雪山和狮子。在大水上
绘下今日的我们：
一群弃婴和
浪花一样无声卷起的舌头
在大水上胡乱写几个斗大字

随它散去
浩浩荡荡

江右村

下午五点多钟
拖拉机，枯茟
叶子剥光的树上仅有几只柿子
孤儿一样挂在那里

我来村里参加婚宴
好心人告诉我
本村有疯子七人
都被铁链锁在牛栏里
每到子夜时分，常常是一人起吼
七人齐啸
那声音直奔霄汉
连野地虫鸣都会息止
有几个娴静的女人投井而死

可这一夜奇异的安静
大醉之后我久久立于渠边
积水和星光中
只有我双耳加速旋转的微声

只有刚铺好的水泥小路
像一根惨白绳子
连接点满红蜡烛的婚床和村外破庙
绳子两端有火
在恒久地燃烧

汉水之滨

白炽灯下她是
一个常见的
炙热的少女
她来自湖北省
天亮后她将是什么?
天亮后我将携她踏遍此城的偏街小巷
随时随地豪饮

她推开窗户,说
夜间湖面善如冷粥
又说,在黑龙江时爱过
一个少年
赤裸相对时却
怎么也无法为他张开双腿
两段喘息一前一后

我记下了
这几句
我为什么要记下这几句?

她的衣饰灰白
她的欲望透明
她的淋漓尽致时而令人厌烦
她不像是生于
汉水之滨
更不像一个食堂承包商的女儿

豪饮姑且欠下
行走中杯子空掉
不可言说的江水在上涨

寒江二帖

在过江甲板上
莫问他人名姓
邈远大风将乱走我们的身份
待至大雪封江
两岸茫茫，足以让人耳目一新

有一年冬至日
在无为县江堤的乱坟岗上
我第一次看见黑压压人群列着队，跪向
江水大哭

那一刻我们正横穿江面
船上有一车车运往对岸城市宰杀的
各种禽畜
我知道凡有瞳孔者
皆有均等的灵魂
我们听到的哭声是否也一模一样？

雪停了。无声讨体内更为空旷
可埋进更多的人

江右村二帖

草木也会侵入人的肢体
他将三根断指留在了
珠三角的工厂
入殓前，亲人们用桦枝削成新的手指——
据说几年前
人们用杉木做成脑袋为
另一个人送葬

语言并不能为这些草木器官
提供更深的疲倦
田垄上，更多幼枝被沉甸甸的
无人采摘的瓜果压垮

我们总为不灭的炉膛所累
草木在火中
噼啪作响
那些断指的人
正在赶回
母亲的米饭已在天边煮熟

坝上松

谁在充斥着性、谎言和录像带之地
见过松树？
谁在捧腹大笑中能见到松树？

当你揿下相机快门
它们将从胶片上神秘撤走
今晚，我大醉后仰面卧于林间空地
松林静静俯身下来
唤我
抚摩我
覆盖我
有坝外呜咽江水为伴
我的死亡是暂时的、试探性的——

我知道当我醒来
坝上松将被卡车运往四面八方
它们体内的
枷锁、绞刑架将被取出
它们根部苍老的琴
将被取出
而谭嗣同只在那一瞬间迎风长成
它们凝于江水的树脂
将被另一些人做成长明灯
但我只有这一刻
它们
唤我
抚摩我
覆盖我

谁又能毁掉一棵松树？
——如果你不能连同它身边残寺
僧侣
来历不明的钟声和浮云一同毁去
我知道在世上

任何一个时辰
坝上松从不孤单长成
它今日长成而我
在斜坡上在泥泞中有一段无忌无惮的晚唱

灯 灯

我的男人

黄昏了，我的男人带着桉树的气息回来。
黄昏，雨水在窗前透亮
我的男人，一片桉树叶一样找到家门。

一年之中，有三分之一的时光
我的男人，在家中度过
他回来只做三件事——

把我变成他的妻子、母亲和女儿。

亲 人

海上无明月，星星也去照耀
其他省份。
欲睡不睡的栅栏，披上了你的外衣。
我们坐下来，看见大海茫茫，船只颠簸
鸟衔着种子在飞，落下大的
叫岛屿
落下小的叫森林
还有两颗，不知道为什么
停止了生长，也不知道为了什么
发不出声音

在北风中，像我们一样
挨着：没有血缘，却胜似亲人

耳朵，或者病

晚来无雪。东窗梅花不开。
你有旧疾
我有新病。
一整年，坏消息从梅枝涌进窗口。
一整年，我的耳朵装满消音器。

而鸟鸣不是。
鸟鸣带着翠绿的山水
使梅花
开放成无数的耳朵

——你也会心神领会
也会从书页中起身
看见窗外：
人间美好
月亮在树枝上骨折。

手指在散步

星辰在屋檐上散步。我的手指
在你的五官上散步。
雏菊的香气，从小巷的深处
来到窗户

我的手指在你的鼻梁上散步，它已
成长为高山，内部
无数树木在生长，它们和夜晚一样黑
一样黑的它们，长不大也在生长
不见阳光，不见阳光也在生长
我的手指在你的唇上散步，很久了
它失却了它的语言
飞不出去的鸟，在你的喉咙里扑打冬天
我的手指来到你的心口：
这里，刚刚熄灭一座火山。

猛虎和蔷薇

我愿你走近我时，阳光移开虎纹栅栏
尖锐的牙齿
世界呈现出最初
温柔的样子——
我愿我就是温柔。温柔地看着你
走近，看见你喉咙里的深渊——
我愿我就是这痛苦的深渊，我愿我
就是痛苦本身，温柔地
等待我
走近，纵身一跃——

什么，都来不及发生。

虎，或者一只猫

大雪近身。枯枝折断二三根
断裂处，月光接骨。
我听到虎啸，不见山林。
我听到，有人在我体内劈柴，生火——

原谅我高温未愈。
原谅我用那么多个夜晚，怀念
一个夜晚。

一只苹果红着。和时代无关。
和你有关。

我身穿虎皮
听到虎啸
南山上，雪簌簌落：
一只猫伏案，睡眠随它的梦境
深浅不一。

病

我为什么不能把厨房当作一个天地
客堂当作另一个天地
我为什么在书房，轻轻一跃
就跃入丛林，深山
发现荒径之美

山崖上的雏菊，月下的竹影
倾斜，固执
我沉溺其中，气管里有风声，手指上有药味
我为什么反对笔直，变通
树枝弹向天空
惊飞的鸟雀
为什么是我想要说的语言？

我病得不轻，我和人群之间
互差一枚解药
等到星月蒙昧，我借着病体上升
我灰着的脸
我红着的脸
多么轻易啊，大星球转动——

树枝安顿了它的阴影。

大孤山

不可看空，在大孤山，云朵是向下生长的
海和天之间，白云换成黑布，一场雨要下
就下个半生
石头是向内生长的，多半部分探进了泥土
在残留的幻想里，无用且安全
不可看空，在大孤山，你是向心路生长的
自己是自己的复数，云朵是你的，石头是你的
苍茫是你的

在大孤山，鸡叫了三遍……
落日用金黄的手，为一枚松针加冕

像　爱

雨水相知，从伞上跃起的一瞬
需要多大的力
风可以忽略不计，两粒雨水隔着茫茫夜色
落在相知的伞上
需要多大力，拥抱需要多大力
整整一个夜晚
我看见雨水从空中落下，跃起
所有的事物都在哭泣，只有雨不会了
像爱——
未曾过去
也不会重来。

空心之美

两袖生风，云朵之上，还是云朵。
流水没有对远方的疑问，就直接
进入山谷——
狭长的地带，野花，青草，石子
度过它们简单的一生。它们不张扬，不抱怨
接受阳光抚慰，接受落叶更替——
有时，光线中的马，带动万物向前
我离黄昏更近了，不可能
藏有一个月光宝盒，不可能重新活一次，

悲哀成就了夜晚

相对于满

我更理解空，如同此刻

雪下得到处都是，它们放下身躯

在我手心融化——

我有愧

但见青竹摇曳，在窗前，有空心之美。

破坏之美

海风阔大。廷绵的海岸线一直望不到边。

鸥鸟不问来客，就让整个海

迎上来——

浪花里住着迄往，一笑一靥，花开花落

不问聚散，亡不问我身边的鸟雀

今夕是何年

在命运面前，我们渺小如沙石，如草木

但这非我想说，我想说的

是大海，在杯中荡漾，整个夜晚在荡漾

大海破碎成术

多么美的一滴水，游走在过去和未来之间，游走在
　　酒杯

和酒杯之间：

我也有破坏之心，我也向往

残缺之美——

我悲伤：而全部的悲伤，来自喜悦——

看见你时的喜悦。

朵 渔

绝望之为虚妄，正与希望相同

撒下一粒种子，抽出一棵穗来
必要的前提在于那种自我湮灭

雨落在沙上，变作沙的一部分
光落在暗中，却没被黑暗吞噬

爱情通常不是结束在通往法院
的路上，而是在无神论的厨房

黑暗对夜的无知就像我们自己
对自己，一个黑暗肉体的居民

相信清风和统治是一对好邻居
爱邻舍，这是我们浪漫的开端

死在撒马尔罕

这个草民已在绝望中生活了很久，
上帝给了他三个孩子，算是安慰。

他希望孩子们能够比他过得好一点，
至少一点点，比如有饭吃，有鞋穿。

至于他自己，好坏已经无所谓了，
只要有酒喝，就会有好的睡眠。

那天他带着孩子们出行，也是想
找个生路吧，让火车带他们去远方。

就在家乡的火车站，他遇到了来自
撒马尔罕的死神：一颗赴约的子弹。

关于撒马尔罕的故事，让·波德里亚
曾在书中讲过，我不妨在此重述一遍：

国王的士兵在市场的拐角遇见了死神
赶紧跑回王宫，要国王赐他一匹快马

他要趁夜色跑得远远的，以避开死神
直抵遥远的东方圣城撒马尔罕。

国王召见了死神，责备他不该威胁
自己的部下。死神说，我没想吓唬他

他跑这么快，我也很吃惊，事实上
我们的约会定在今晚，在撒马尔罕。

波尔多开出的列车

十六岁，刚从西贡回来，乘坐
自波尔多开出的夜车，一家人

都已入睡，只有她还醒着，以及
那个三十多岁的陌生男人
光脚，穿着殖民地式样的浅色衣裙
聊在西贡的生活，大雨，炎热游廊
闭口不谈中国情人的话题，身体却
没有回避，假意睡着，将那人的手
勾引到身上来，"他轻轻地把我的腿
分开，摸到下身那个地方，在发抖，
像是要啮咬，再次变得滚烫……"①
夜车开得更快了，车厢的通道一片沉寂
那被稀疏的毛发所包围的性器，像一座
小坟，微微敞开着一扇天堂与地狱之门
她后来倾向于认为，能够激发情欲的写作
也是好的，就像一盘桃子所激发的食欲
真正的天才呼唤的是强奸，犹如召唤死亡
只是过于虚幻，就像那个晚上，他的柔情
像一滴蜜蜡，在她的身体上弹奏安魂曲
……火车停站，车到巴黎，她睁开眼睛
他的位子已空在那里，像没发生过一样。

秋 鸿

    癸巳深秋，在育邦如山湖别墅听张子谦先生弹
《秋鸿》有赠。

驱车百余里，过大江，入深山
摆脱汲汲追随的市声，终于来此

---

① 引自杜拉斯《物质生活·波尔多开出的列车》。

避居之地。环滁皆小山，怀抱
一湖如碧。看茶载沉载浮之际
听张先生在一片蕉叶上弹《秋鸿》
革命后的琴声知音已稀，风雅道销
诗亦云亡，一生技艺都付狂狷
老琴师如一只老鹤，揉吟勾抹间
爪起往复，如在一具女体上抒情
情至深处，又似对一片江水痛哭
彤管声名终寂寂，成败何似秋鸿
穿过群山间的寂静，找到一间
小酒馆，三个伙计沉默着，喝
从老乡手中买来的自酿葡萄酒
绝口不提眼前事。星空，大湖
琴声如诉，在哀鸿遍野的十月。

静 默

天一直很暗，厚重的云层阴沉着
不时飘下一阵急雨，像是一种遗弃
石板地闪着光，树上的鸟儿
颈项敏捷地抖落身上的雨滴。
就这样吧，内心里一个声音说
拿去我的杖，饮下我的血，不要
留在孤独和哀悼里
仿佛是一种劝慰，也许是警告
说不清楚，总之是
什么也没做，抽两颗烟
将一杯茶喝到没有味道，天
也就慢慢变得明亮起来，而那个声音

也遥远得像是没有发生过
然而正是在这静默中
一种新的期待在指引我
那尾随而来的，又试图吞噬我。

沉 入

暗夜里一轮弯月，以及
被凛冽擦亮的星群、星座
大地上，寒风簇拥着村舍
点点灯光透过窗户，呼应着
天上的秩序。我夹在两者
之间，一种不上不下的悬虚
活着不应该迎向那道光吗？
该如何沉入这种地久天长？
这些天来，每当夜晚来临
总觉得身后有某种东西
尾随而至，因迎向那光
我已被一个影子跟踪多年
既非恐惧，也不是听候召唤
而是一种狐疑，来自黑暗中
无由滋生的不确然
而当晨光熹微，一种蓝光
穿过光秃秃的树枝，不带
任何暗示地，充盈我的眼睛
一种重生的气息仿如复活
想想，如果这一生的归宿
只有一个，那又何言恐惧？
要有光，只要有光，然后
放心地沉入这黑暗里。

飞 廉

乙丑孟秋还乡

父母安健，我辄远离了颠簸，稳稳站在东山之上。
一院子蔬菜，韭菜花，藿香花，满墙丝瓜花，
新栽了三棵小桂树、两棵小梨树，
大小蜜蜂从从容容，青蝇集在水盆沿，麻雀时在
　　黛瓦，
时落地啄食芝麻粒，燕子轻飞，
远处传来多年前熟悉的黄鹂，
杜鹃绕着小村庄啼笑皆非，有老杜的沉郁，
小狗几只，偶有孩子串门问我是谁，吃我新摘的石
　　榴……
老父亲听着豫剧，剥老丝瓜的皮，
这昔日的美少年，岁月早剥光了他所有的矫饰，
朴素到了只欠一死，
他站在菜地远望的神态，让我遥想曹孟德"东临
　　碣石"。
默默对坐，一切不必多说。
深夜，满院子都是虫鸣，星也清新可数……

东坡坟前

所有的人都喜欢你，
我不识字的老父亲也能讲你和佛印的故事，

一个地主的长子，

历史跟他开了个玩笑，

让他年轻时有机会来平顶山挖煤，

一个下雪天路过你的坟。

四十年后，一个晚秋的黄昏，我第一次来到这里，

中原大地上，最常见的一座小土堆，

清冷的杂草间，散布着细碎的小黄花。

"绚烂之极"①，归于平淡。

秋夜读黄庭坚集

北宋王朝，鱼在深藻，鹿得丰草，

而你骑一匹钝如土蛙的瘦马，

东西南北穷山远水投荒万死，

苍崖绝壁上摘一把石耳，

老杜诗集里化身一条蠹鱼……

一大群杰出的朋友，寒而极清，

苏轼文章妙一世，

司马光人如大雅诗，

沉静如雷晁无咎，

对客挥毫秦少游，

而我家楼下这满园子的蟋蟀，

多像你的老友陈师道，闭门觅句，彻夜苦吟，

读完你的诗集，天近黎明，

阳台上的盆菊，挂满露水，仿佛

  你写给我的信……

---

① 东坡《与侄书》。

刺 秦

我沉重的头滚落在麦田里，
这种清凉，

就像少年时读《左传》，
读到"襄公八年"初夏，子产第一次出现。

不远的小菜地，父亲忙着种莴笋，
我仰望长天。

几日后，生死即将分晓。就像此刻，

麦苗将我的白衣染绿，
一旦战死，这里将是我的埋骨之地。

清明断雪，谷雨断霜，我年近不惑，
比秦武阳更需要这样一个时刻——白虹贯日、
彗星袭月

——荆轲刺秦王的时刻。

钱塘江秋夜

深夜，风微寒，草虫乱鸣，
晚潮过，江水深静，铺着一大篇西汉文章，

江边的小洲，停泊几只小船，淡而孤绝，
对岸，鱼鳞似的灯火……

十九年，快似挥刀斫怒雷，
十九年，薇蕨老而苦涩，在南方，我穿坏了

几双鞋……露水湿木星，江底螺蛳吞大象，
江水帮我安度危险的中年。

婺江路36号

最后一次，我来此投宿，几天后，
它将拆作废墟。这是我住过的
最荒凉的旅店，一年到头，下着梅雨。
四壁破败，如一部亡国者的宪法。
床单上，青春，只剩下交媾的痕迹。
一只红色时代的挂钟滴答滴答走着，
已失准多年；从没有人试着调准
或毁弃它，这世界才因此多磨多难，
今晚我才如此悲伤。

岁暮望月

山中，这农业社会的月色，
铁锈在浙赣线上疾驰的辛亥革命的月色，
公元763年，杜甫怀里最后一文钱的月色，
颍水滨十四年前，那静坐在我自行车后座的月色，
女孩踢毽子、公鸡变杜鹃、老鼠磨牙、

狸猫偷吃腊肉的月色，
西泠桥边苏小小的碑影开始结冰的月色……
昨晚梦里是刑场，醒来日记是故乡，
罗隐说，所有月色，
都是往事吐下的一地碎甘蔗，
望月则是在《古诗十九首》里照镜子。
头皮屑日夜下雪，几点寒星，肃杀而冷漠。

芝堰旧宅

在我晚年的梦里，
盘踞着一座阴郁的宅第。
它源于一个迂书人
对《礼记》的迷信。

百日维新，主人写诗
押了险韵，被理想
抄了家。
民国三年，一阵南风，
擦亮了门环，
雨水带来一场华宴。

清晨，从野史醒来，
透过庭树、窗棂，
阳光蜷到神龛里，
化为一条青蛇。
晌午刚过，正史的
黄昏，已悄然
来临，霉气氤氲。

古槐鸣秋，麻雀噪晴，
蜘蛛从容织网，
壁虎悠然巡行，
月梁上，燕子来去，
废井边，野花诡谲。

在我晚年的梦里，
明月堕烟，白露凝霜，
家鼠上堂争斗，
蝙蝠清扫琴上的浮萍。

韩 东

华盛顿记

最强大的帝国的心脏
舒展如花园。
不是血红的，发出阵阵白光。
白色的方尖碑、白色的墙，
白宫里面住着一个黑人。
他走向绿色的草坪，
影子和白人一样黑。
离开以后
是我们这些五颜六色的游客，
其中或许混有恐怖分子，
无色无味，隐形的。

神秘女性

节日空旷，如无人大街。
我站在街上，听着四面八方的爆竹声。
看不见烟尘和闪光，看不见你。
你的闪烁带给我悠长的白日而非黑暗。

我把你的照片拿给友人看——
一位神秘女性。但你的故事却是杜撰：
胯下的战马，你的矛，

河流对岸你如何与一位骑士平行一段。

无人大街，或是青绿荒野。
我站在那儿没有挪动过。场景置换了。
曾追随你青春的丽影直到日暮时分，
天亮以后便来到这座节日的空城。

我把你的照片拿给他们看，
神秘女性，被裁切的上身。那条
漂浮着你影像的河已汇聚到一只酒杯里，
另一位女性喝了它。我盯着她看，看她的红唇。

春 纪

已经快到夏天，
他忽然嗅到春天的气味。
迟缓，但还是松开了。
他从一个冬天直接走入暮春，
在一个傍晚，只能是一个傍晚。

他的步幅有一点奇怪，
像蹦跳舞蹈。
他爱的人已现身初夏的街头，
穿着短袖衣服。
他爱的人在镜中，像被晚风摇曳。

但他的死人还在地下，
那些新鲜的、陈旧的……

他也曾和他们一起
并肩走在季节的边缘。
春天很快就过去了。

爱真实就像爱虚无

我很想念他，但不希望他还活着。
就像他活着时我不希望他死。
我们之间是一种恒定的关系。
我愿意我的思念是单纯的，
近乎抽象，有其精确度。
在某个位置他曾经存在，但离开了。
他以不在的方式仍然在那里。

对着一块石头我说出以上思想，
我坐在另一块石头上。
园中无人，我对自己说：他就在这里。
在石头和头顶的树枝之间，
他的乌有和树枝的显现一样真实。

致煎饼夫妇

时隔五年，这煎饼摊还在。
起旦贪黑的小夫妻也不见老。
还记得我要两个鸡蛋、一根油条。
人生而平等，命却各不相同，
很难说他们是命好还是命孬。

只是甘之如饴，如
这口味绝佳的煎饼。

时机一到，他们便会回到故乡，
干点别的，但绝不会卖煎饼。
他们会做梦：女的摊饼，男的收钱、装袋，
送往迎来。
干这活的时间的确太长了。

无论酷暑还是严寒，
还是上班的早高峰，
或是悠闲假日，
总是推车而出，在固定的街角。
即使严厉的城管也为之感动，
道一声：真不容易啊！

我们不能不爱母亲

我们不能不爱母亲，
特别是她死了以后。
衰老和麻烦也结束了，
你只需擦拭镜框上的玻璃。

爱得这样洁净，甚至一无所有。
当她活着，充斥各种问题。
我们对她的爱一无所有，
或者隐藏着。

把那张脆薄的照片点燃，
制造一点烟火。
我们以为我们可以爱一个活着的母亲，
其实是她活着时爱过我们。

汗 漫

在南阳盆地漫游

在故乡南阳盆地漫游，
在祖先决定了的两万平方公里的命运内漫游。
我，一个热爱三弦琴的民间歌手，
怀抱静脉、动脉和热肠这三根琴弦。
歌谣、琴声，弥散于河南、陕西、湖北三省
摩肩接踵处的夜色星光……

谁在聆听并颤抖？
孤立的马，白头的芦苇，新娘婚床前的烛光？
伏牛、武当、桐柏、秦岭，四座山脉
连绵簇绕而成南阳盆地——
我的琴声、歌谣，焕发出盆地边缘花环般的黎明、
孩子们黎明般的唇部。

生物钟——祖先悄悄安放在我肉体深处的
钟，持续敲打一具渐渐破败的老身体。
钟声轰鸣，促使我奔走，
用盆地内的白河、唐河、鹳河、鸭河、丹江等等河流
组成喉咙，发出水声，
唤醒三省交界处试图不断越界的生灵和亡灵。

以父亲的坟作为圆心的命运，已经不再圆满。
三根琴弦这三条小路也终将废弃。

但盆地充满矿石、粮食、动物、忧愁、节气的
母亲骨盆之内，我，为什么依旧躁动不宁、
尝试在每个白昼再一次诞生，
扑入九州、亚洲……

某风景区里的一次同学会

一个同学因肝癌去世，
儿子代替他参加聚会，像多年前那个少年的复制品。
三个同学失联，像三架飞机与大地绝交。
传说他们偶尔闪现在精神病院、监狱或招摇撞骗的
　　路上。
四个同学婚变，其中，一人独身，
三人再婚并生幼子，就必须显得比其他同学年轻，
穿牛仔裤、染发、唱周杰伦。

六个同学成为级别不一的官员，带秘书同行，
秘书为官员提着茶杯、文件包、摄像机。
三个同学致富，赞助这次风景区里的同学会，
痛说创业史，解密当年的暗恋，
发动同学连锁加入他们繁荣昌盛的事业。
两个同学从国外发来视频，在私家花园里抒情：
月是故乡明、天涯共此时。

二十二个同学表情平庸、埋头喝酒，
与其他肥胖得像废墟一样的相似形合影——
我，属于这二十二分之一。相互打听近况，
并医此增加一点自信或自卑。
对校园往事进行质疑、争辩，合唱：

"青春啊青春，美好的时光……"
有人就开始低头、抽泣。

我们围绕着一张又一张饭桌而不再是课桌，
男女参差，像老枝条参差旧花朵。
生活的方程式在继续考试，分数秘而不宣，
最终都要去做一道填空题——
填入一个新鲜的墓穴，再错误的人生
也能成为正确的遗体和答案，
况且有一年年的青草野花继续润色、修改？

"干杯啊！"某女生嘴边著名的酒窝，浅了。
我的初恋浅了。在风景区一角的白杨树下，
我和她轻轻拥抱三秒钟，向校园和往事致敬。
很快就没有人知道这个夜晚、这一细节。
很快的心跳，是酒精而不是激素在推动、加速？
很快的晚风使白杨树代替我的头颅哗哗啦啦思想。
她豹纹装内的豹子让我的血压，重新陡峭……

写 作

为了深度，他进入书房
成为距离人间约五千年处的矿工。
用墨水瓶作为矿灯，照亮周围的煤、镭——
每天黄昏，妻子都预感自己将成为一个遗孀。

为了力度，他来到大海中央
笔，作为桅杆，白色纸笺连绵而成风帆
在海浪间疾行——

他头发间燃烧着乌云、闪电、忧愁和爱恋。

为了热度，他躺在儿童医院的病床上
用一棵向日葵作为输液架，
让阳光点点滴滴输入自己冒充童年状态的
心脏、右手、笔端——

为了广度，他漫游，变换身份，
以乞丐、农夫、匠人、情种、骗子等等面目和手段，
热爱、建设、伤害周遭的事物，
鼠标窜动如土拨鼠，让语言和内心漏洞百出。

为了速度，他骑马、开车、乘高铁，
摆脱形容词、副词一类的虚荣和纠缠，
让动词直接到达名词和本质，
像"绽放"直接出现于树根和枝条……

最终，他消融，在书房、海水、儿童医院、大地之中
复活——看，地平线上由小到大出现一个
与他轮廓酷似、神态迥异的陌生人——
每天早晨，妻子都在准备一场初恋和新婚……

家具城记

双人床公开期待着体温和爱情。
书柜空茫，如子宫里培育中的头脑。
餐桌在想象晚餐的气息、围坐者的低语。
周围六把椅子，假装六种立场。
长沙发虚构出一个人的偏瘫、拥吻、午睡。

落地灯模仿落日，暗自酝酿长河一般的感伤……

不同品牌的家具，期待组成
欧式、日式、中式等等风格的生活，
像新婚或婚变可组成不同韵味的婚纱合影。
家具城里，若干游荡者不断躺下、坐起，
掏出卷尺衡量生活的局限性和容忍度，
拉开抽屉，恍惚看见一份合同、一封情书？

与人间烟火隐秘对称。
你、我、他不同色泽和硬度的孤独，
需要认领若干木质、布质、皮质、铁质的器物
合作命运之舟，在公共的寒流中
破冰远航。当然，家具，也可能构成一个
家庭悲剧的小舞台，让画眉鸟观看？

当然，有人仅仅以游荡为目的，
甚至在家具城空寂的一个角落里沉沉睡去。
他缺乏更新命运的勇气或能力？
他无家可归？"欢迎新生活
新人、成功、剧变，拒绝犹疑不定
暧昧、衰老、失败"——

这就是家具城信条？像教堂唱诗班歌词？
教堂葬礼上必然出现的棺材，
也是一种家具？但本地家具城回避终点，
像诗歌和财务报表，都喜欢另起一行，
虚构起点，鼓励一个旧人
做出重新起跑的姿势……

一个乳腺科大夫的手记

每天都在研究乳房——
鲜艳、衰竭、丰满、平淡、疼痛的乳房。
她们坦然面对爱人、幼子之外的一个抚摸者，
无羞愧，有佐惑。
我像一场戴口罩的秋风，
细细吹动这濒临坍塌的房顶。

麻醉剂说服她们暂时放弃
对生活的迷醉，进入一次死亡实验。
手术刀不屑于去和笔讨论现实主义
去和中药罐辨析中庸之道，
直接介入，把肿瘤乃至整个乳房切除——
像房地产公司的推土机、拆迁队员。

醒来，她们会提出共同的问题：
"几点了?"这是一种婉转的试探。
丧失的时间长短，表明手术的难易
——五个小时以上的虚无，
都会引发死神在无影灯里的俯冲，
像房顶上的轰炸机。

这些胸，这些伤痕累累的废墟。
恢复她们的春意和暗香，
是医学而非诗学的责任。
比如，在空洞的乳房外表下填充假体，
使爱人和幼子的手在她们腰部的地平线上

保持一跃而起的动感。

乳房病变，与雌性激素之激烈有关——
激烈地拥抱或反对雄性激素。
"激烈的爱与不爱，就是危险、死？"
浅蓝色病员服排斥时装的性感，像军服——
生活的战场上溃败下来的一支同盟军，
手提输液瓶散步，像手握炸弹。

同病相怜，以同一种疑难作为共同语言，
就能摆脱孤独和茫然？
若干男人暗藏雄性激素，手握饭盒鲜花
在乳腺病区进出、沉思，姿态和神情
有着"女性之敌"和"女性之友"
双重身份的暧昧和阴郁。

从大夫转换为丈夫，自手术室回到卧室，
我在妻子的一对乳房上试图恢复审美功能。
但双手不由自主职业化地摸索其间——
像探雷器掠过表面繁荣的田野？
像布雷器，在埋下病变、战乱的可能？
双人床上空，吊灯像信号弹升起……

胡 弦

古龙寺

寺里的戏台、衙门，都是空的，
大榕树上的一丛鸟鸣，像几个人在唱戏给佛听。
树上挂满布条，过多的心愿使它一身赤红。
——龙困于传说。主角是你们的，
清晨的戏文是你们的，衙门里的棒喝是你们的。
佛只端坐。当你们忙碌，他在隔壁是个好邻居，
当你们换了戏服，哭笑，变脸，
他是人间最安静的观众。

林 中

回忆漫长，椴树的意义用得
差不多时，剩下的
才适合制成音乐。

午后的水杉如朝圣者。
大理石的灰白有大道理。

"一阵突然停下的风，近似
在肺叶间走岔的人。"
太阳来到隐士的家而隐士
不在家。

乌桕拍打手上的光斑，
蓝鹊在叫，有人利用这叫声
寻找声带；甲虫
一身黑衣，可以随时出席葬礼。

登越山记

我上山，想看看某人的庙，某人的坟，
某人赋闲后，怎样种花、饮茶、消磨戏文
……
某块顽石无名的孤愤。

在山顶，我想看看那曾在此远眺的人。
想我，也是这人间隐名
埋姓的王。而你曾是小妖，救国救民也祸国殃民。

一夜风吹，松针落，花雕和老圃安静。
——且把棘手的前生放在一旁，
我下山来：你已梳妆毕，正在山脚下等我。

啜 泣

一直有人出生，带着新鲜的哭声
一直有人攒钱，想把痛苦的心，从贫困的躯体里赎出
一直有人拿不定主意，不知道该把一堆木头
做成迎亲的花轿，还是打成一具棺木？

死去的亲人，灵魂变成了雪花

在这轻飘飘的雪花中，我们的肉身更沉

一直有人在唱戏，在雪地上踩下凌乱的脚印……他
 老了

他在教弟子怎样甩袖、念白

和低低地啜泣

冬天的阅读

1

有人带着斧子走向树林

桥梁和道路无人看守

晨光稀薄，寂静发苦

我们在继续失去

先是声音，接着是声音中

灼热的属性

2

我读一本白银时代诗人的传记

书页间，他们面孔模糊

天太冷了，雪人想从冬天里跑掉。而那些

不曾成为雪人的雪

像空白的纸

没有被赋予行动的能力

3

每天，都有裹紧大衣的人

从街口走过
幽暗的街口，像我们生活中
坏掉的部分，又像是
冷雾中异国风情的插图

过街的人里，藏着小丑和编剧
每当红灯亮起，就会有
提前出现的观众在他们心中尖叫

另一条街道上有座空房子，因为
曾经是剧场而空空荡荡

4

在相似的冬天，旅者裹紧大衣
走过月亮的人如履薄冰

现在，是阅读的间隙
让我来说说我快乐的邻居，一个
有少女表情的老男人
他喜欢唱老歌，喜欢
喝水声、咀嚼声、挖掘机的怒吼……
他认为，唱老歌让人熟能生巧，而且
使用的是别人的声带

5

失传的谚语秘密活着
制怒者，因软弱而伴生的羞愧感
愈加严重

每个周末，都有人在郊区冻僵

他们绝望于
河流已丧失的挣扎本能

6

天越来越冷
雕像没有生还的希望

有人在咳嗽。这是
谈到某个问题时就会出现的
遗传性疾病

书页摊开，文字里的场景
摊开，像在等待更好的处理方式
而一翻动，它们就会变成往事

7

语言是另一个国度
吹向我们的寒风一直被称为
来自西伯利亚的寒流

整个冬天，关于我们的未来
天气预报都在不断给出答案
书中，有人在流放地徘徊
而沃罗涅日的铁栅上，海鸥
无声地飞，像隐忍的听觉

8

也许有人能活在不同的时代
某个早晨，陌生人
会突然出现在我们面前

他带来的恐惧
超过了我们自小熟知的范畴，因为
他们不会汉语
而且这是白天

9

手提斧子的人在树林里忙碌
挖掘机在街道上吼叫
而真理是什么？
是一种气候？
是无记忆但敞开的街道？还是
树林中，空缺守着的那份沉默？

10

在我断续的阅读中
室外，水造出了漂亮的雪花

合上书本如合上风暴。刀子和冰
都恢复了逼人的想象力

马戏团

不可能一开始就是锣
一开始就是猴子和铃铛

狗熊裹着皮大衣，心满意足
理想主义的鹿却有长久的不宁
不可能一开始就是铁笼子

就是算术、雪糕、绕口令

不可能一开始马就是马
狮子就是狮子；不可能
一开始就到了高潮，就宣称
没有掌声无法谢幕

不可能一开始就和气一团
就把头伸进老虎嘴里
观众鼓掌，打呼哨，连猎人
也加入了进来。不可能一开始
猎人就快乐，老虎也满意

撒旦酣睡，艺术驯良
天使从高处忧心忡忡飞过
在这中间是马戏团的喧哗
不可能一开始就这么喧哗

不可能一开始就是火圈、糖块、道德的跳板
金钱豹，不可能一开始就爱钱
头挂锐角的老山羊，不可能
一开始就是素食主义者

仲 夏

小孩子爱哭，爱破涕为笑
一个驼子，最高的是背脊
有人把药渣倒在路口
祈祷它被车轧，被践踏，病被带走

乱石无言语，蝙蝠多盲目
池塘快干时，绿如胆汁
一夜暴雨，小狗丢了衣裳，大狗丢了忧伤
疯丫头，长成了村里最漂亮的姑娘

老 屋

要把多少小蟋蟀打造成钉子，才能修好那些旧门窗？
"砰"，北风紧，木匠叹息
小莲穿着红袄从隔壁来，说：传义哥，我眯眼了，
　你给我吹吹
我扭过头来，看见祖母在忙碌，墙上
又出现了新的裂纹
小莲，那年我们七岁，你多像一个新娘子
我吹出了你的泪水，和掉在你眼里微小的疼
那年，苦李子花开成了雪，祖父喘得厉害
西墙下他的棺木，刚刚刷上第二遍漆

在南京

在南京
我喜欢听静海寺的钟声。如果
稍稍对喧哗做出避让
比如避开八点钟
我会去颐和路，或珞珈路上走走
我捡拾过落叶，时间夹缝中
身份不明的人寄来的信函

有时在旋转餐厅上
俯瞰，城市如星空，那些
或明或暗的中心，都在旋转，缓缓
发生位移

在江边，在石象路上
眼前的事物，总像带着无法估量的远方
眺望钟山，那亭台、苍翠峰顶
仿佛就是世界的尽头

吉狄马加

流亡者
——写给诗人阿多尼斯和他流离失所的人民

那是一间老屋，与别人无关
只要流亡者活着——
它就活着，如果流亡者有一天
死了，它也许才会在亡者的记忆中被埋葬
假如亡灵永存，还会归来
它会迎接他，用谁也看不见的方式
虽然屋顶的一半，已经被炮弹损毁
墙壁上布满了无声的弹孔
流亡者的照片，还挂在墙上
一双双宁静的眼睛，沉浸在幽暗的
光线里，经过硝烟发酵的空气
仍然有烤羊肉和腌橄榄的味道
流亡者的记忆，会长时间停留在院落
那水池里的水曾被妈妈用作浇灌花草
娇艳硕大的玫瑰，令每一位
来访者动容，从茶壶中倒出的阿拉伯咖啡
和浓香的红茶，不知让多少异乡人体会过
款待他人的美德，虽然已经不能完全记住
是重逢还是告别？但那亲密地拥抱
以及嘴里发出的咂咂声响
却在回忆和泪眼里闪动着隐秘的事物

流亡者，并不是一个今天才有的称谓

你们的祖先目睹过两河流域落日的金黄

无数的征服者都觊觎你麦香的乳房

当饥饿干渴的老人，在灼热的沙漠深处迷失

儿童和妇女在大海上，就只能选择

比生更容易的死的结局和未知

今天的流亡——并不是一次合谋的暴力

而是不同利益集团加害给无辜者的器皿

杯中盛满的只有绝望、痛哭、眼泪和鲜血

有公开的杀人狂，当然也有隐形的赌徒

被牺牲者——不是别人！

在叙利亚，指的就是没有被抽象过的

——活生生的千百万普通的人民

你看他们的眼神，那是怎样的一种眼神！

毫无疑问，它们是对这个世纪人类的控诉

被道义和良心指控的，当然不是三分之一

它包括指手画脚的极少数，沉默无语的大多数

就是那些无关痛痒的旁观者

我告诉你们，只要我们与受害者

生活在同一个时空——作为人！

我们就必须承担这份罪孽的某一个部分

那是一间老屋，与别人无关

然而，是的，的确，它的全身都布满了弹孔

就如同夜幕上死寂的星星……

黑 色
——写给马列维奇^①和我们自己

影子在更暗处，在潜意识的生铁里
它天空穹顶的幕布被道具遮蔽
唯一的出口，被形式吹灭的绝对
一粒宇宙的纤维，隐没在针孔的巨石
没有前行，更不会后退，无法预言风的方向
时间坠入无穷，只有一道消遁的零的空门
不朝向生，不朝向死，只朝向未知的等边
没有眼睛的面具，睡眠的灵床，看不见的梯子
被织入送魂的归途，至上的原始，肃穆高贵的维度
找不到开始，也没有结束，比永恒更悠久
光制造的重量，虚无深不可测，只抵达谜语的核心！

金骏马

在草原的深处
它的呼吸如初
紫色的雾渐渐褪色
身体的曲线
融入无边的黑暗
反光的瞳仁摇曳

———————————

① 卡西米尔·塞·马列维奇（1878—1935），俄罗斯前卫艺术
最重要的倡导者，20世纪具有世界影响的美术大师，其代
表作《黑色正方形》已成为一种象征和标志。

那是幽微的存在

没有星辰的翅膀

此时，停止了——

飞的欲望，四蹄脱落

避开引力的负担

重新返回了摇篮

无法擦去痕迹

皮毛被晶液浸透

那是天空和宇宙——

不可被分割的部分

唯有一声响鼻传来

超然于外，燧石的语言

不会被遗忘的记忆

脊骨的弧线弯曲

等待成为闪电的一刻

只有当黎明的曙光

再次来临的时候

它的踢踏声，才会

敲响这大地的鼓面

那幻象的影子，黄金一般

在地平线上忽隐忽现……

刺穿的心脏
——写给吉茨安·尤斯金诺维奇·塔比泽①

你已经交出了被刺穿的心脏

---

① 吉茨安·尤斯金诺维奇·塔比泽（1895—1937），20世纪格
鲁吉亚和苏联著名诗人，象征主义诗歌流派的领袖人物。
1937年去世，是苏联大清洗牺牲者之一，死后平反恢复名
誉。

没有给别人，而是你的格鲁吉亚
当我想象穆赫兰山①顶雪的反光
你的面庞就会在这大地上掠过

不知道你的尸骨埋在何处
那里的白天和黑夜是否都在守护
在你僵硬地倒毙在山冈之前
其实你的诗已经越过了死亡地带

对于你而言，我是一位不速之客
然而我等待你却已经很久很久
为了与你相遇，我不认为这是上苍的安排
更不会去相信，这是他人祈祷的结果

那是你的诗和黑暗中的眼泪
它们并没有死，那悲伤的力量
从另一个只有同病相怜者的通道
送到了我一直孤单无依的心灵

即使你已经离世很久，但你的诗
却依然被复活的角笛再次吹响
相信我——我们是这个世界的同类
否则就不会在幽暗的深处把我惊醒

我们都是群山和传统的守卫者
为了你的穆哈姆巴吉②和我祖先的克哲③
勇敢的死亡以及活下去所要承受的痛苦

———————

① 穆赫兰山，格鲁吉亚境内一座著名的山脉。
② 穆哈姆巴吉，格鲁吉亚一种古老的诗歌形式。
③ 克哲，彝族一种古老的诗歌对唱形式。

无非都是生活和命运对我们的奖赏……

诗人的结局

我不知道，
是1643年的冬天，
还是1810年彝族过年的日子。

总之，实际上，
老人们都这样说。

在吉勒布特，
那是一场罕见的大雪，
整整下了一天一夜。
住在这里的一家人，
有十三个身强力壮的儿子，
他们骄傲的父母，
都用老虎和豹子，
来为他们的后代命名。

鹰的影子穿远了，
谚语谜一般的峡谷。

大雪还在下，
直到傍晚的时候，
妈妈在嘴里喃喃地，
数着一个个归来的儿子。

"一个、两个、三个……"

她站在院落外，
看着自己的儿子们，
披着厚实的羊毛皮毡，
全身冒着热气。
透过晶莹的雪花，
她的眼睛闪动着光亮。

这一切都发生在这里。

一块破碎的锅庄石，
被坚硬的犁头惊醒，
时间已经是2011年春季，
他们用手指向那里：

"你的祖先就居住在此地！"

燃烧的牛皮在空中弯曲成文字。

一个词语的根。
一个谱系的火焰。
被捍卫的荣誉。
黑色的石骨。
从鹰爪未来的杯底，
传来群山向内的齐唱。
太阳的钟点，
从未停止过旋转。

我回到了这里。
戏剧刚演到第三场。

因为父子连名的传统，
那结局我已知晓。
从此死亡对于我而言，
再不是一个最后的秘密。
这不是一场游戏，
作为主角，不要耻笑我，
我是另一个负重的虚无，
戏的第七场已经开始……

致叶夫图申科[1]

对于我们这样的诗人：
忠诚于自己的祖国，
也热爱各自的民族。
然而我们的爱，却从未
被锁在狭隘的铁笼，
这就如同空气和阳光，
在这个地球的任何一个地方，
都能感受到它的存在。
我们或许都有过这样的经历，
都曾为另一个国度发生的事情流泪，
就是他们的喜悦和悲伤，
虽然相隔遥远，也会直抵我们的心房，

---

[1] 叶·亚·叶夫图申科（1933— ）苏联俄罗斯诗人。他是苏联
50年代末、60年代初"大声疾呼"派诗人的代表人物，也
是20世纪最具影响力的诗人之一。他的诗题材广泛，以政
论性和抒情性著称，既写国内现实生活，也干预国际政
治，以"大胆"触及"尖锐"的社会问题而闻名。

尽管此前我们是如此的陌生。
如果说我们的诞生，是偶然加上的必然，
那我们的死亡，难道不就是必然减去的偶然吗？
朋友，对于此我们从未有过怀疑！

没有告诉我

比阿什拉则^①，
没有告诉我，
在灵魂被送走的路上，
是否还有被款待的机会。
有人说无论结果怎样，
你都要带上自己的木勺。
我有两把木勺，
一把是最长的，还有一把是最短的，
但这样的聚会却经常是
不长不短的木勺，
才能让赴宴者舀到食物，
但是我没有，这是一个问题。

---

① 比阿什拉则，彝族历史上最著名的祭司和文字传承掌握
者，以超度和送魂闻名。

剑 男

挖藕人

两只鞋，一只新，一只旧
它们摆在一起
一只干净
一只沾满污迹，磨破了底
在它们不远处
几只鹭鸶在练习单脚立
一个人正在湖中挖藕
鹭鸶的腿直而修长
挖藕的人双腿埋在淤泥中
当他在浅浅的湖水中移动
我看见他用手从藕筐旁边
摸出一支拐，像一个
熟练的水手驾驶一艘快要
搁浅的木船，轻轻一点
就把自己缓缓地送到前面的淤泥中

牙齿之歌

这颗牙齿松动了，脱落后与另外
一颗牙齿形成缝隙，漏气
这一生太多让人疼痛的事情
已经不再让我感到痛苦

但我担心再也不能咬紧牙关
担心胃在饥饿，仅有的食物却
塞在牙缝，人世有大悲伤
我却不能一字一句清晰地说出

残　局

一切事情到中途都有可能变成残局，被
雷霆劈开的大树，蹩断了腿的马
逐渐衰老的苦役犯，他们仍有生机
但没有了与生活较量的力气
这鸡肋般的日子，仍然得过下去
它们分别叫活着，渴望改变命运的挣扎，和末路

无所谓

晴空起了一个霹雳，击中穷人的粮仓
却放过了强盗藏在阁楼的珠宝
无所谓，这样偶然的事件不过是天命
干旱持续三月，土地皲裂如一块老树皮
无所谓，这样的惩罚不过是自然的法则
洪水淹没村庄良田，也无所谓
人有戴罪之身，物有难逃劫数
让大地为这一切静静地默哀、祈祷
但对那些劫后的生者、不再起身的亡灵
我要说所有斜睨万物的高地
都是非道德的，它们借深渊而耸立
视万物如刍狗，如牺牲，当他们

借尸还魂，不过成人偶、飞禽，或走兽

不辞而别

我找老高，他总不接我的电话
你找得到老高就怪了，他昨天已经上山
上山就是一个人已离开人世
电话这头，我的泪水不禁夺眶而出
人到中年，朋友们就这样一个个走了
前年在咸安走失了一位兄弟
去年在人民医院走失了一位女同学
今年春上，一向健壮的朱振民
又跟着一阵寒风去了老瓦山
一次次的送别中，老高说
等我的事了了，我就去和他们凑一桌
人世那么多戏言，偏偏他一语成谶
冬天辽远，阳光凛冽浩荡
我多么希望在电话的另一端
有老高的声音传过来，说他只是
把手机落在家里，说他并没有不辞而别

风　箱

盛放物体的器皿中，风箱是个例外
它不存储任何东西，但能煽风点火
在幕阜山的一个铁匠铺中，我曾看到
它把星星之火吹成燎原之势，看到
它空洞的嘴一遍遍说动漆黑的生铁

73

在火焰中变得通红，那是一个冬天
风驱动千万朵雪花在山岭中随物赋形
一只风箱逆流而动，让一座瓦屋
在皑白的世界中仍坚持着它的青灰
老铁匠多么老啊，他的话如咒语——
催生万物的东西是风，你看春天的花
夏天的叶，摧毁万物的东西也是风
你看秋天的果，冬天的枝
一切都是无中生有，曾存留的亦将成空

水 库

这座水库坐落在群山之中
有无数条溪流向它汇入
但只有一个出口，它兼容并蓄
也缓慢地释放着内心积压的苦水
那个春天过后再也活不下去的
投向它的年轻寡妇
那三个在它怀中嬉戏后
再也没有回来的少年
那艘深夜沉没的运粮的木船
那个急匆匆赶路失足的中年人
那些被山洪冲下的幼獐
他们在水下是否继续着各自的生活
漆黑的、孤独的，但仍需要憋气的生活

不　语

五月，泛舟三江上的人长髯飘拂，风不语
从长安到寒山，黄河远去，在旱地跋涉的人不语
朝秦暮楚的谋士怀金负箧赶赴京城，扎着绑腿的灰布不语
被追杀的富家公子夺命狂奔，风高月黑的夜空不语
一个被名利绞杀的时代，颠倒黑白的火镰不语
我们路过的荒野，疑冢拒不揭开身世，飘零的枯叶不语
落魄的书生开始愤世嫉俗，他夜晚寄宿的寺庙不语
幻觉中的乌鸦是命运征兆，连夜半的钟声也是虚构的
是时光借助大地上的事物在替我们痛苦地呻吟

像夜晚一样幽暗而坦荡

一个人走夜路，心中悬着一块巨石，脚是浮的
其实这是个月明星稀的夜晚
就如白天蒙上了一层薄薄的黑衫
但走着走着它就成了一个头套丝袜的剪径大盗
借着冷风一遍遍追问，你有没有杀人越货，欺负弱小
你有没有撒谎、拐骗、腹诽他人
好像这夜晚是一个早做好的局，就等我自投罗网
我在心中驱动过千军万马，对那些邪恶的人动了刀子
对人世间的冷漠、自私进行了一遍又一遍的杀戮
但我没有恐惧，我不过是在笔端快意恩仇
在幕阜山余脉的山村中，我度过了艰辛的少年时代
很多时候我没心没肺地活，但我和这个夜晚一样幽暗而
　　坦荡

75

灌 木

在山林中，一丛灌木是微不足道的
就像一些人在人间无足轻重，被那些夺路狂奔的人践踏
被那些锐意进取的人用砍刀粗粝地砍在一边
砍到头是头，砍到胳膊是胳膊，躲得过拦腰一刀
但躲不过永无出头之日的恐惧。因为弱小，它们自甘底层
成为群众，对于大刀阔斧
进而又成为拖后腿的事物，绊脚石的代名词
如果我把它们比作韭菜，说它们反复献自己之身
壮他人之阳，这蹩脚的比喻似乎又一次践踏了它们

河边的道路

有很多的路随着河流延伸，如果没有索道，没有桥梁
有没有一条路可以通到河的对岸，那一年
在幕阜山，我看见一条倔强的小河
被山石按下了头，进入地下
当我站在悬崖边看经过黑暗的水流
在另一头缓缓流出，我发现
这条路已经不知不觉到了河的对岸

倒春寒

"我还能闻到耀眼的冷的气味"
在异乡的客栈，雨滴打在

一株栀子和一盆鱼腥草之间
栀子没有要开花的样子
鱼腥草卷曲着微寒的蔓藤
昨夜雷声滚动，我怀疑
不止一个人动了肝火
看见闪电划破漆黑的夜空
看见自己正在冷雨中赶往故乡

仿　佛

在南江河，春风列出一个人时间的清单
一个活着的人给自己开追悼会，一树
梨花下人们依次而坐，穿着洁白的衣衫
——寿衣压在箱底，漆棺藏在暗室
主人仿佛昨夜已经离世，今天又活了过来
梨花那么白，仿佛春天被一笔勾销
没有人吝啬赞美，他的过错仿佛也变得
美丽动人，他坐在众人中间聆听
闭着眼不出一声，当一个人说
他也再不会和一个将离世的人锱铢必较
我看见一瓣梨花缓缓落在他的肩头
然后时光静止，仿佛他已成为自己的遗像

吻

像锯齿植物轻轻划开肌肤
唇的血丝，甜蜜大于疼痛，高过
缄默的风信子，颤动的身子仍含着苞

如果说此刻的你如同一只迷失自我的蜂

怀着甜蜜，却伸着长长的毒针，我

宁愿就这样被扎疼，饮尽这一盅甜蜜的毒饮

像春天倒出的麻沸散，鸟雀醉在花丛

青藤再一次抱紧怀中的乔木，那么重，那么轻

我喜欢万物这样相互地启迪，就像

一个深渊里的溺水者，在沉潜中抱着

一颗深水炸弹，这隐秘、冒险的快乐

封住了我的嘴，让我一次次死去，又一次次重生

读旧札

一个人爱着一些子虚乌有的事物

妄图以此减少对现实的敌对情绪，因

在故纸中埋得过深，看见过去和这个

时代有一条细细的裂缝，里面有

细长的嫩草，郁郁的青苔，从岩壁

渗出的遥远年代的雨水，还有滴漏声

像在黑暗深处缓缓升起的乐音中

一个人觥筹交错，却无法在离席时

一饮而尽，他取悦过那么多事物，包括

时代、青春、理想和爱情，今夜，他

只回到过去，一个人自己取悦自己

江一郎

星 夜

那是早年，我独自一人来到山里
天黑时，我在一个湖边坐着
归鸟，成群飞过水面
投入对岸树丛
后来，湖山愈来愈清凉
满天星斗，无声跃至水中
仿佛，湖底古堡点灯
这样的夜晚不常有
而我，也非枯坐发呆
波光漾动，天地轻轻旋转
恍若带我星际穿行
以至忘了时间
山下，我的父母喊我的名字
找遍周边村落
只是他们，始终不曾想到
我去了不远的山中
在他们时常途经的湖畔
彻夜不知归返

露宿山野

那一夜，在灌木旁露宿

我点燃篝火，不远的地里
翻捡到一堆红薯
带泥投入火中
很快，山谷内香气飘弥
我似乎看见，黑暗深处
闪着小兽饥饿的眼睛
但它们怕火光
群山静穆，星光消失在微白的林间
后来我蜷缩着躺下
天明，发觉夜里下过雪
身上落满雪花
却未冻僵，反而从未有过
如此神清气爽
而那熄灭的火势，遗存的
红薯，已然不见
白茫茫雪地，几个小兽的
足迹，清晰可辨
仿佛刚从我的梦乡走出

乡村少年

在山区，我遇见一个拾柴少年，又瘦又黑
沾着草屑的脸，有擦伤的血痕
见我停车、走近，不断地
龇牙，发出走兽的低吼
并迅速捡起一块石头
我本想向他打听一座村庄
此刻，却抱头，逃回车内
有些仓皇、狼狈

而他．走过车旁，不忘
猛踹车子一脚

乡村酒肆

今夜．酒肆内除我一人独坐
尚有一位客人
一名年轻女子
略显苍白的脸，有着天生的忧郁
但眉眼间，漾闪着惊艳
几碟小菜，未见她动箸
她只是不停地举杯
一壶酒片刻即尽
第二壶酒，却喝出泪水
掩面趴于桌上嘤嘤抽泣
想想旅途，同为落寞之人
未免有些心酸
我几番站立，欲过去陪她共醉
又担心，一个陌生男子
只会令其畏怯，或
带给她别样伤害
我默默无语，转身离开
空出这家乡村酒肆
和这个孤寂之夜
让她独自悲戚

在墓地

大雪封山之前，我再次来到山里

陪一个死去的朋友喝酒

我先替他满上一杯

搁在低矮坟头

然后盘膝坐下，仿佛他

犹在人世，与我对饮

冬日最后的暖阳，照耀山谷，光影

移过草叶，缓慢、寂静

想起往昔，一壶酒中

彼此肝胆相照

忍不住泪涌

我频频举杯，以致醉卧于地

醒来，敬他的那杯酒

已经滴酒不剩

似乎，在我昏睡之时，他悄然出现

却不与我相见

周遭，暮霭沉沉，一只鸦

拍击着翅膀，投入

林边那片深草

它也有一张骨灰脸

倏忽，不知其踪

听马尾说起一条狗

已经被遗弃，被丢于数百公里之远

某荒僻山村

半年后，居然再度出现

低咽着抓门

没有人知道它如何回来

途中，历经怎样磨难

骨瘦如柴的身体，伤痕
累累，毛发几乎脱尽
泪汪汪的眼睛，却含着
归家幸福的光泽
只是它并不曾想到，等着它的
不是愧疚与怜悯
而是一阵棒打
之后很多天，一次次走近，摇尾
乞怜，又一次次被逐远
但这条丧家之犬，仍不愿离去
昼夜，蹲在角落里
期待一声轻唤
直至那个飘雪的冬夜
冻毙于自家门前
这是马尾叙述的一条狗的命运
然而，在我听来
已非狗的不幸

一棵树

门前那棵苍郁的大树
终于被父亲砍倒
两只老雀儿，在不远的空中盘旋
发出战栗的叫声
但我的父亲听不见
他锯断树梢，将枝干
斫掉，便坐在那里
一根接一根抽烟
等张木匠过来

天黑之后，大树消失了
在树生长的地方
出现一具白皮棺木
仿佛当年，父亲种下的
就是此等惊悚之物
而我的祖父，一个将死之人
那天傍晚，奇迹般
从床上挪下
颤巍巍走到旁边，不停地
抚摸，并用力拍打
一种沉闷的声响
像暮色在喊，又似乎
源自他苍茫体内
棺木上，那些来不及扫去的碎屑
拍打声里，白亮亮落满一地
先一步变成了灰

秋　日

早年的一个秋日，我在乡间等车
与我一起等车的
还有一对母女
几小时过去，车始终没有出现
风愈来愈疾，西斜的日影
薄凉一片，小站四周
更显空蒙、清寂
我说走吧，车不会来了
迟疑片刻，年轻的母亲默默颔首
我抱起女孩，顾自走在前面

又不时放缓脚步
路上，我抱紧女孩，将脸
贴着她的小脸
这小家伙，在我怀里
慢慢睡着了
呼出的气息，给我
麻醉般的沉静
走着，走着，月亮升起了
而那时，我只是单身青年
却形同一个好父亲

在闽北洞宫山，遇雪

洞宫山里，一座山神庙
容我暂时栖身
已经破败不堪，亦无人，除了泥塑的
山神，只有几堆稻草散落
点燃后，扑入的雪花
火光中疾速消融
但冷与饿，更甚
门外，路和树林隐去了
天光晦暝，暗生乱象
我几番张望，欲觅见一个沽酒归来的人
向他讨口酒吃
可惜四野茫茫，人踪俱灭
只望见远处，村庄上方
密集的雪花飞舞
岗下，钻出一条野狗
哆嗦着，朝我走近

见到庙内火光
又畏缩不前，迟疑着
闪入庙旁，一丛
白雪披盖的灌木

在精神病院

他拉着我，神秘兮兮问我
你知道我是精灵，对吗
接着，沮丧地告诉我
他已经丧失隐身和飞翔的能力
因为翅膀丢了
环顾四周，又用不屑的眼神
打量身边人，愤恨地骂道
瞧这些杂碎，我怎么
可以混迹于他们中间
贴着我的耳朵，他继续细声诉说
多少个夜晚，他在梦里回到故国
见到慈爱的老母亲
但那些杂碎一尖叫，梦即破碎
泪流满面地惊醒
他一边述说，一边深信不疑地看着我
用力摇我的手，他说兄弟
你也是一个精灵
来拯救我的
我们回去，现在就离开这该死的地方
然而，当他用另一只手，摸我的
背脊，他大惊失色
兄弟，你的翅膀呢

喊过之后，抱着我号啕痛哭

星　光

小时侯，我在乡下，睡不着的夜晚
我会爬上自家屋顶
村野，异常静穆
只有穿林而过的风，留下声响
像留下细长的尾巴

空旷的沙石公路，再无人经过
落日的班车，天黑之前
已经驶回梦中

但路的尽头，有星
诡异地亮着
那是一群夜行人，只是
这些夜行人啊
走在天边

不知道身后，有个乡村少年
坐在黑暗的屋顶
望着他们
越走越远

姨　妈

有年冬天，乡下的姨妈突然来到城里

已经八十五高龄，且久病在床
却独自一人乘车
她的眼睛快瞎了，明亮的世界
仅剩下一团光影
一小时后，她赶到我家，未及坐下
急着掀开衣襟，摸出一叠
纸币，和两枚鹰洋
说是待我儿子结婚时
她给的一份贺礼
怕自己等不到那一天
并一再叮嘱我母亲，千万
别告诉她的儿女
可惜那日，我去了遥远的山中
未曾见上一面，父亲
叹着气，向我描述：
骨瘦如柴，人如影子虚飘
嘴巴散发出脏器的腐朽
让人担心，难以
熬过这个冬天
年关将近，我的姨妈果真溘然长逝
再见她，已变成一撮冷灰
住在一只小盒子中
那年冬天，她最后一次来到我家
仿佛完成一个心愿
辞别之际，搂着我的母亲
两姐妹，老脸贴着老脸
一齐失声抽噎

金黄的老虎

家山有石

家山有石，色白。其质松碎，故名泡砂。

家父常取之锢地窖，或者以为苗圃培土。

某年少时，曾心血来潮，取之遍撒于庭院。

其貌若大雪，令人踌躇满志。

立有间，叔至。余慨然曰，皎皎乎宫阙矣。

叔哂。少顷，彼农夫，竟言凌烟阁之类人、情、事。

明日，天雨，皎皎遂不存。

——晨起忽忆此事，先有厚喜，后有薄悲。

当年，我是一个愚笨而勤奋的人

当年，我是一个愚笨而勤奋的人

多么幸福，在夏季暑热消退的后半夜

大槐树下

我们几个男子

酒后站在那儿

掏出家伙哗啦啦地撒尿

水田里涌起一通洪亮自若的蛙鸣

菜架上纺织娘试探着拉长她的咏叹

而我们抬头仰望

大声说话，指点出银河，牛郎，织女，猎户星座，卯
　　星团

若干年过去，我以为我还可以这么满不在乎
在南方的秋季，一个无名山顶上
独自向满天的繁星看去
我才感到它的逼迫
背上泛起一道寒战

我不是才意识到
无穷的过去和无限的未来
都在它那里

我是伤心
我始终在用一双眼睛去抗衡的自大
已经开始动摇

在骨科医院

坐在轮椅里
她在胸前交叉着双手
把那种病床被子紧紧地抓住
蜷缩着上身，裹起自己

她叹了叹气
她的眼睛
她的一双黑眼睛
从墙角沉闷的暗处亮着萎靡的清丽

她夸张她的哆嗦
抬起头，望她跟前的男人

她隐蔽地伸出光脚丫子（带着露出了秀气的小腿）
向前够了够，钩住了男人的脚踝

当她揉踩他的脚背
唉，那时她那么的专心
那时她那么的俏，唉，那时那小妇人那么的瘦

把　戏

有时候，难免一阵不舒服：
我把我自己点燃后
那个女人竟然不扑过来熄灭它

她站在她的命运圈上踌躇
尽量躲闪着我的眼睛
慢慢地，她像一团白雾，散了开去

我把自己点燃
我也得把自己熄灭
如此往复
已经很多回了

甚至连像样的抱怨我也几乎没有
我本来就是要用这把戏
过完我这生为男人的一生

柳树的枝叶

大的孩子，有着名将的名字

辈分很大，但可以直唤他为黄忠

夏天，他爱在秧田里抓鳝鱼

用柳树枝串着它们

血会从它们的腮际涌出来

沾在柳叶上

腥味翻腾着另一个孩子的胃

他在岸上帮忙提着它们，一面啊啊干呕

那时候，柳叶儿的本来的清气

他还没有捕捉到

同年春天出生的女孩子

他们喊着柳娃子，客气的时候

可以腻腻地唤做柳莺

十三岁上，他和她在雨天的屋檐下说了话

一大蓬美人蕉火红地映着，露珠在花蕊上聚积

极慢地滑进花心

隔夜，他在三十里外的学堂不得眠

趁了月色，步入小河边的柳林

捧着一丛枝叶嗅着

自那以后，他总在怀里

藏着柳树叶，在无人处隐秘地回到内心

几乎二十年后，他回到故园

黄昏的屋檐下，他遇到了她

他们一面拉着家常话，一面望进彼此的眼睛里

翌日，正午，她哆嗦着，口渴似的说着话

他抱了她，他们要了他们

她拉出他的私处，看见它颜色很重
很轻的叹息，几乎被饥渴抹掉了
她马趴着，阴部紫黑，濡湿
她遇人不淑，已经失掉了家
很久没有男人，她出了血
他不由得眼泪扑簌，一阵悲凉
他想起了成年以来先后经历的女人
想起了当年的鳝鱼，一条条
被一枝剥开青皮的柳树枝穿过去

烹饪之诗

四楼的老太太在老伴下世后学会了烹饪
花费了很多时间，反复制作
她把每道菜肴都烧出了记忆中的味道

我们也会抵抗悲伤
在楼下的樱花树前站着
翻检照片，长时间说话
或者呆看每年春天的急雨
把零落的花瓣冲向沟渠
南方的庭院
亭台上总会有长椅
春夜花开满枝

后来能和谁相傍坐：细数
一生中有多少后悔莫及的事

在春天的山顶上

在春天的山顶上
两个人在促膝长谈未来
像是两个一筹莫展的猎户
对着落入陷阱却不肯就范的野兽发着呆

等他们后来站起身来
太阳把他们的影子，长长地倒向山坳
覆盖在下面那一片花海上

这一幕在记忆里演化
后来变成另外的情形：
他们两个变得神灵雕像般一样长大
宁静地矗立在夕阳的山巅
远远俯瞰着他们自己渺小的影子——

在松树下，面对面坐着，手拉着手
一个尽力在安慰那啜泣的另一个

传 奇

这些年我爱你们
我有一颗病态的心
比濒死者更能宽恕
比伤心者更为悲怆
这些年，太阳就这么寂寥地照着

我克服了一个又一个百无聊赖的下午
还有那些引发我爱怜的影子
她们早就消散殆尽
但忽然今夜到来
在这星汉璀璨的苍穹
在这其暖融融的园子
在一棵开满花朵的梨树旁
我白发苍苍
荒芜的心中顿时满透

平流层
——致袁志坚

在三万英尺的天空里
我内心的波涛，失而复得

并非源于俯瞰大地，用看护神的视界
观照那生机勃勃的万物
也不是凌驾云彩之上，举目刺探霞光熠熠的极致，
　　或者天穹湛蓝的幽深

最初的澎湃起于我们忽然的起兴与臧否
比孩童更淘气和得意地撩起社会的帷幕
换着方位，将大众之事功，用射鸟的弹弓一一击中

那大物不可能有任何感知
而我们却因探明其轮廓而心满意足
这乍然偶得的情怀是我们迅速少年而饶舌的低因
它带着你抵达帝京，又把你带进此刻的云霄

多少人侧目于你的喋喋不休，或者惊诧拜服于你的
　　浓烈谈性
只有我，带着心知肚明者的愉悦
在大铁鸟的羽翼之下，将心灵的波澜
轻轻转向诗歌的余绪，比你提前接受那一番亢奋后
　　的忧郁症

梁晓明

死亡八章

> 死亡好像忽然来到，今晚竟然感觉到它静静地坐在了我的身边。
>
> ——题记

1

原来你那么突然，又那么自然，那么快
又那么按部就班地
来了，像一片小小的绿叶悄悄站上了一根树枝
无声无息，却又那么触目惊心
我在你旁边
我看着你
我要用一生的学问、成绩和生长的力量
甚至眼泪，甚至生命，向你挽留，向你哭诉
慢一点，再多点时间，多点健康的阳光
让我奔跑，让我再次散漫地行走在乱流的河边
一首歌，或者一本浅薄的小书
我不怨，甚至不会多说一句浪费的语言
我亲近草，亲近草地下你催生的蚂蚁
那些青菜、甘蔗、突然跃出的猎狗和野猫
甚至大桥，甚至后工业时代吃油的汽车
慢一点，我看着你
我有太多的群山和湖泊还没有亲近
太多优秀的人类还没有结识、交流和握手

我有太多的想法像早春的阳光满天铺洒
可是你
那么突然，又那么自然，那么快
又那么按部就班地来了
一句话都不说，像夜晚的台灯一样
默默地站在一米开外

我的眼前，一个人
将要远去，是我
或者是我最近的亲人
没有更多书籍可以描绘你的气息
但我闻到，浑身沉进了你的手里……

2

我曾经那么优雅地分花拂柳，像独生子女般
穿行在江南，我看着月亮
我相信在它的手下我才会慢慢长大
我轻轻微笑
那么自信，我那么相信我的微笑里竟然一定有鱼米之香

我说话不多，我相信只有愿意的耳朵才能听到我说话的
　　音节
我只在附近的眼睛里才真正亮出我头脑的光芒
二十岁，我认为我长得越来越美
而且在风中
我认清了人生
整个青春我爱风、爱水、爱所有的星星和沉默的树林
我爱山、爱河流、爱书架上所有智慧的言语
三十岁到了，我终于发现我其实从来没有爱过自己
我藐视生活把生命看成沙子的飘飞

水汽的升腾，烟雾的袅娜

短暂、渺小而且无痕

我嘲笑钱，嘲笑鱼，嘲笑咖啡和一切奢华的比拼

我恍惚间就走进了中年

明晃晃的太阳下我终于在头顶打起了雨伞

儿子诞生了

一个陌生的自己像一种最大的嘲笑

他天天把镜子放在我的面前

我的狂妄，自信，像最不可靠的一碗菜汤

一粒米饭，他小手轻轻一拨

我嘲笑的愤怒立即把我彻底淹没

以至感慨，以至羡慕

以至向往深山老林中自败的秋蝉

3（去父亲墓前）

这样我又一次来到了你的墓前，青山在背后像波浪

从头顶四处散开

在你面前，我的骄傲像石碑上漾开的一碗清水

一支香，一缕烟雾，那毫无骨头的软弱的消散

你死后眼睛并没有闭上

你快乐，自信，最后的目光依然瞪向你希望的前方

我看不见你的理想和花园，你的风筝只在你自己的

　　脑袋里飘飞

我看不见你的目光里到底有多少对大地的眷恋

还有我，你的儿子

我来看你，哪怕现在你早已在空中

在地底下欢笑

你带去的桃树一定已经结满了枝头

你高声朗诵的瀑布一定又一次挂满了前川

99

你的邻居烧饭的时候一定会被你的朗诵骚扰

你不管，只顾着自己浪漫的李白

你这老头，不抽烟，不喝酒

一辈子在大肉和辣椒里睡眠

我坐下来，忽然想到

在中国，上个世纪七十年代

你在大街上忽然拉住一位开会的朋友

在狭窄弯曲的江南弄堂，你们俩打开一本唐诗三百首

那么诡秘，那么欣喜，我在后面

像我的儿子刚好也是九岁的童年

这么想着，轻轻微笑着

我竟然忘了，那么突然，又那么自然，那么快

又那么按部就班地

我的死亡它早已悄悄地来到身边，像一片绿叶

站上了一根细小的树枝

无声无息，却又那么触目惊心

它在我们中间忽然变成了最好的朋友

在树影里轻轻摇晃着自得的身体

像家里的一员，它甚至也坐下来

也看着你，像我一样怀念过去……

4

祖国像是一片土地，一条道路

一碗我每天必须要亲近的大白米饭

我可以喝酒，吃肉

我甚至可以饿着肚子赞美流水

但是你从来没有把脚步移开

你微笑，毫无保留地展开身体

像空气的大手摸遍了大地自己却毫无一点收益，它

依然
每天前来，每时每刻支持着它所遭遇的生命

一点一滴，已经结束的，你把它送入灰烬
而新鲜诞生的
你就把时间转变成鼓励

我为什么忽然会想到祖国？此时此刻，我应该想起
　　我的一生
我的耻辱、欢乐、光辉与折磨，我应该
向我的亲人一一告别
甚至向可能存在的
激励我的敌人
我应该向一切道谢、感恩，用清水的眼光
向过去的一切轻轻淋洒
那些童年的燕子，青年的乳房、肌肉
与到达中年后喷香的香椿
我把它从安吉的深山移来
种在花园里，我比读诗更加仔细地每天看着它的绿
　　叶成长

祖国与我是什么关系？在深深思考祖国之前
我应该坐在祖国的家里，还是应该
静静地站在祖国的门外？

我到底应该如何处理我这个自己？

想得太远，正如太多人想得太近
正如我的生命从来遥控在它的手里
我唱歌，睡眠，我甚至作恶和热烈地做爱

我几时脱离过它的控制？

太多的爱此刻像潮水涌上我开放鲜红的喉咙
民工或者商人
扫地者，划船者，收税官和正在喝酒的外交使节
我看着社会那么繁忙地折腾着自己，那么多生命积极地
大步奔跑着向死亡冲去

我坐着看见这一切发生，我无言
我转身带着自己孤独地远去……

5

心里有你，眼睛才看到你
心里空虚，世界才露出丰腴的身体
心里有水，滋润在世界之间才可能产生
心里有死，死才会走出来交出怜悯，交出你的时间
像最好的兄弟，它才会陪你慢慢回访你跌宕的一生
无声无息，甚至接受了你的叹息……

桅杆划过，鸟翅带起了一片微风，风之上
灵魂把大地一一回访
波浪在一生汹涌的争斗中，最后消逝在陌生的海滩，静
　静退下
一点点留下水沫的躯体，甚至留不住一粒细沙

心里有诗，诗就从手上流到了纸上
心里有爱，爱就会带来你诧异的悲伤
心里愤怒，一杯茶都会淹没生命
心里要告别了，就像现在

你读着这首诗，这些字
就像一只只手臂向你挥起，并且忘情地向你摇晃

要走了，我走后的大门会一一关闭
你是你，我是我
此刻连眼泪都一片清亮
闪闪发光
但迷茫的大雾统治着大路，而小路上
我又能找到怎样的故乡？

6

越来越近，正如世界发展越来越快，转眼之间
昨天的孩子长出了胡须
牌桌上的孩子们玩弄着科技，正如我手指上紧握着钢笔
但是你的大胭踩向大地
你几乎盲目地收割掉一切的光荣、耻辱、高楼和皇帝
你一挥手，小草和苹果全部枯萎，你再次挥手
光亮的广场空荡荡通向了奇怪的梦境

我也是人间还在持续的奇怪梦境
我是，他是，只要你坚持看到了这里，你也会变成一个
　　标点
一句话，一捧撒在空中的迷幻的焰火
飘飞而且短暂，自恋而且自弃

在现代科技的奔跑中我看到老牛喘息在泥泞的田里
在半山腰读书的细小眼睛中，我看到未来狡黠的勾引

越来越近，正如我偶然看见街上的夕阳，那么圆满，绯红
它把温暖的光线均匀地播撒在世界的身上

一视同仁，不声不响
清扫工来了，甜的糖纸，青春过后的枯萎树叶甚至文件
甚至精光闪亮的一枚戒指
我怎么样才能平静地面对扫帚的来临？
我怎么样才能无怨无喜地
跟着它的脚步轻轻离去？

7

不能不提到你，我谈天、谈地、谈道德和爱情
我谈完了整个世界，还有神秘莫测的凶狠的海洋
我哪怕最后谈到了亲戚，我还是不能不提到你
我的诗歌，我的命，我的黑夜和让我坚持到现在的最大的
　信心
我愿意把你做成蛋糕
我愿意用我一切的欣喜、悲伤和孤寂
我愿意把所有的时间做成你飘忽倏然的星星火苗
让它亮起来，死就死吧
我愿意让自己一点点烧尽在你的手里

8

山峰耸立，正如河流悠远地逝去，篷帆张扬
水波的手掌拍岸后离去
像一个句号，刚刚画好了最后一笔
一首歌
尾音落在了渔夫的网里

像最远的烟囱带着船帆彻底消失在人间的四季
我在白纸上挥手，我在电脑前挥手
树上的秋天一片沉寂

我坐下来，一个逗号坐下来
我还在呼吸
我抬头仰望着明天的消息

雷平阳

一年之后，致费嘉

你已经去了天国
我还在人世上漫无边际地找你
这苟活者的偏执显示了活人的心病不轻
我并不想向一个亡灵倾诉
话语的贞操，都交给了诡辩者或暴力
哈哈，又能说什么呢
难道我还要对你说
活着的人比死去的人更像孤魂野鬼
那些以你的风骨提炼黄金的行为
也令我厌倦了，生气了
在你的墓前建自己的纪念碑
或者在你已经弃绝的街道上摆满殉葬品
噢，不，这不可以，它会
让我的内心永无宁日
找不到你，不能面对面地与你喝酒
只能说明死亡真的发生了
而且这死亡谁都绕不开
所有的挣扎、抵抗和永恒的愿望
都不堪一击，都是心造的幻影
很多人都说，你这么热爱万丈红尘
你还会回来，还会不厌其烦地
出现在我们中间
说这种话的人，是因为想念你

因为想念，忽略了生与死之间有块禁地

他们说你会从云朵上跳伞

抱着一坛隔世的美酒

一脸兴奋地回来。我不相信

不相信去了天国的人还会重返人世

祈祷与怀念，抽空了我的热血

这会儿，我冷，仿佛整个世界

都在陪我一块儿冷

在你面前，我从来没有说谎

也从来不装，我说过

你就是朋友的模具，兄弟的标准

人世上难以找到几个与你

灵与肉尺寸相等的伙计

在我眼中，你是一面生活的哈哈镜

当然也是一面照妖镜

那一年，在罗平县的油菜花地中央

我唱歌，你跳舞，李开义和何小坤当观众

地球上仿佛只有我们四个人

我们互不设防、心扉洞开的情形

让我明白，真实男人与男人之间

也会在心底相爱

爱得天真无邪，爱得忘乎所以

当然，我也知道，来来往往的人群中

数不清的人都会把你的坟墓当成金字塔

都会把费嘉这两个拆散了的汉字

一再地垒成高不可攀的珠穆朗玛峰

他们甚至比我更爱你

更能让你像个活神仙

我因此嫉妒过，总以为自己

是你心底唯一的朋友

我甚至对你死亡的过程

对你人潮汹涌的葬礼，也充满了羡慕

但我一直没有向人说起

人各有因果，活着听命于爱神与死神

死去，便向人世保持永远的沉默

我肯定不会用自己的身躯替你活着

更不会模仿你欢天喜地的样子

你是唯一的，生命在高潮时刻戛然而止

谁都模仿不了，也承受不了

如果必须对你的离开有一个说法

我只能说，有一则神话

在2014年的初秋失传了

一年来，我封锁了与你有关的信息

讨厌在我面前提及你名字的每一个人

也不读你的散文和诗歌

甚至没有到你墓前去坐上一会儿

这没有其他世俗的原因，我就认定

坐在我对面喝酒的那个人

那个1991年我流浪昆明的时候

第一个收留我的昆明人，他走了

他坐过的椅子空了

谁都填补不了我个人天空的这个窟窿

我的确想象过，那银河的岸边

那块没人用过的土地上

星斗的鲜花盛开，烟云的流水不息

那儿应该有你的另一座坟墓

也应该有你的乐园，一座酿酒的作坊

总有一天我会去造访你

并且相信，那时候你肯定一个人喝醉了

我会喊醒你，然后我们接着喝

不分生死地喝，地老天荒地喝
值不得大惊小怪
你比谁都清楚，除了文学
这些年来，我与你的世界
从来就是一张不省人事的酒桌

写在五十岁生日

站在楼梯的转角处喘息时
我捶了几下腰
发现自己果然没有战胜光阴的能力
而且在喘息之后，没有觉得
过去与未来的日子中
存在着值得自己为之狂欢的美
的确，我也曾像下楼的那个少年
穿着跑鞋，戴着墨镜，双手紧握玩具枪
嫌下楼的速度太慢，恨不得
这一栋楼房只有一个台阶
一心想到被多少人厌倦了的世界上
去折腾。他从我身边蹿过那一刻
本想告诉他："儿子，现在我从世界上回来了
只想回家，却连走回头路都力不从心！"
可他没在我身边停下，一闪而过
仿佛我久历的世界，因为他
已经可以以旧换新。攥着冷冰冰的绿色扶手
我继续上楼，孤零零的一个人
却像一支溃败的大军

失踪者之歌

他孤单地生活在片面
偏激的场所中：一条决绝的单向街
或者一座废弃多年的破庙子
不想再与过去发生任何联系了
不与人见面，不结盟，不开口，不写信
他只想做一个现世的孤儿
与自己最爱的人也保持距离和沉默
那些他敬仰的偶像，他想前往的地方
他只依靠沉思默想
聊以温暖日渐冷却的血
但也拒绝为之交出灵魂。仿佛
他已经不存在了，以前的你
激烈、尖锐，却如岩浆戛然凝固
就连你笔底下的人物，你仍然在塑造着他们
但他们也不知道你是否还在人世
你就剩下自己了，纸面上自问自答的时候
当你发现自己还有另外一个声音
你讨厌它，否认它
在内心，你并没有原谅损害过你的
那些语言、暴行和伪善
它们偶尔还会令你情绪波动
你总是用酒去平乱，醉了
便在书架后面倒头就睡
这不是一个简单的愤世嫉俗的问题
你就是一个失踪的家伙
自己都觉得自己已经死去很久了

自己都觉得自己有着一副亡灵的样子

以后深山遇见你

以后深山遇见你
松树下面，我们多喝几杯
天上繁星比瓜大，用它们佐酒
醉了，我们就抱紧了
酣睡在人世的草丛里

从菜市场归来

蔬菜的品种很多
我选了
落后于时代与科技、还沾着泥土
被臭虫乐于接受的几种
牛、羊、猪，都是几个月速成的亡魂
幼婴的记忆，暮年的肉体
乱纷纷地展开肺腑
露出一根根被斩断的骨头
心脏的价格，比后腿肉还低
肺与肾，暗藏激素，少数人就好这一口
我在别无选择时选择了蹄子
不为什么，就因为在豢养基地
它们还从体内数出了少量的
团团乱转的脚步
鸡和鱼，我就不考虑了
餐桌上曾经的大菜、奢侈品

如今油比肉多，骨软，刺少，味道
越来越寡淡，接近于虚无
多么令人生厌，像一个个既无才情
品行又让人恶心的
别人的聚会上，千里迢迢
赶来混吃混喝的家伙
熊掌已经绝迹
野生的蘑菇价格又实在昂贵
倒是玫瑰和百合花
也浪迹在白菜和萝卜中间
我用土豆的价格
顺手买了几朵

李 娟

火车快开

1

汽笛响,火车开。所有的我启程了,所有的你捂面
　　痛哭。所有告别结束,所有迟疑后退,所有的抛
　　弃堆积月台。而句号唯有一枚。与你并排站立,
　　目送火车远去。

再见。逃生船远去。再见。岛屿下沉。再见。大海
　　茫茫。再见。

我有过错,你有纯洁,于是命中注定。
我从不知何为挽留,你从不知何为悲哀,于是到此
　　为止。

2

一生只在沿途,世界只分左右。火车永不迷路,满
　　车的我,永不后悔。

欢乐的我一路熟睡,从不曾醒来。她梦到世上从不
　　曾有过火车,梦到原野上铁轨空空。
——她一生都在猜测那是什么。
悲伤的我日夜难眠,独坐窗边。别人怀念过去,唯
　　有她怀念未来。她黑暗寂静,有孕在身。别人的

窗外是阳光下的田野，她的窗外是深深海底。

年轻的我紧挨衰老的我，聊了一路。渐渐聊到一场
　　春天，却都小心翼翼避开了春天里的一棵白桦
　　树，及白桦树上刻着的一个名字。

病痛中的我听到车窗外有孩子哭个不停。她想：死亡
　　来临了吧？她做好了准备，闭上眼睛。却想起有
　　一天，自己身穿新衣面朝田野，冲远处的人招手。

心怀爱情的我正迅速老去。红裙子还没换下，两鬓
　　已然斑白。腰背佝偻了，手指上戴着小熊戒指。
　　她如此骄傲如此难堪，她不停说谎又不停解释。
　　谁也安慰不了她。再多的亲吻和拥抱都没有用了。

未来的我，明白了一切。但还是决心重来一遍。她
　　中途上车，行李放在脚边，突然疲惫不堪。

还有一个我，远远追着火车奔跑，大声呼喊，高举
　　一张车票。那是被抛弃的我。

而最孤独的那个我驾驶火车无尽前行。只有她知
　　道，火车迷路了。
只有她后悔了，她带着所有的我穿过一座又一座城
　　市，一片又一片荒野。再也停不下来。

其实最孤独的是扳道工。他等待得太久。他站立的
　　地方青草齐腰，信号灯破裂。有一天，他看到铁
　　轨尽头有人缓缓走来。他想，无论那人是谁，他
　　都爱她。

3

火车快开！黑发快白，眼泪快流，未来快来。
脱轨事故远未发生啊，卧轨的人远在童年。春天才
    进行到一半，河流即将拐弯。
火车快开！夕阳有黄金，天空有大海。

野草有星火，牛羊哑默。黑衣人盘踞而坐。他的背
    影大过他胯下的荒野。
国王你好！只有你无视呼啸而过的火车。

而芦苇无视冬天。纤细，任性，停留茫茫大水中
    央。北风亡爱她，猎户星座也爱她。万物退下，
    我来迟了。车窗外波涛汹涌，真相大白。而芦苇
    毫不知情。
为此，我也爱她。

突然白鸟停落铁轨，扭头看我。
它的瞳孔是長深的隧道，火车开了很久，也没能
    通过。

后来下雪了。

后来火车裹满冰霜，悄无声息。灯火捂在手心里。
    而前方就是你的故乡。火车快开。

路过日时的店铺，市场人来人往，故事尚未发生。
    你的母亲仍然年轻，你的妻子最美貌时，你的童
    年丕在发光，我鸣笛致意，惊醒弥留之际的你。

哪里来的火车啊！整个城市的人都在呼喊。想跳下
　　床，却找不到拖鞋。想冲出房间，却醒不过来。

火车快开。带我从这世间侧身而过。车窗玻璃是一
　　生的尽头。车厢晃荡，人人持票在手。人人随时
　　准备离去。车厢冷清。人人随时准备死去。

可这趟旅程中，死亡不过是途经的第一站。

所谓永恒，不过是时间的一小段。
所谓宇宙，不过是寂静的一小部分。

白天是伸手乞求，黑夜是空然垂下手去。
夏天是忍住了眼泪，冬天是终于忍不住了。
疲惫是风停了雨未停，悲伤是雨停了天黑了。
所谓旅程，只不过是独自忍耐。

所谓你，只不过是我旅途中的一个猜测。我猜测你
　　早在童年时代就见过我。那时火车经过你的故
　　乡，你欢呼着追跑很远。
我猜测你至今还在找我，拄杖迎风，白发翻飞。

我猜测我最后看到的那人就是你。
站在铁轨中央，看着火车越来越近。
世上只剩火车，旅客只剩下我。

我慌忙猜测结局如何。
没有结局。旅途的第一站到了。

4

有一列火车，乘客只有你我二人。以及很少的一些爱
　情，以及窗外半枚月亮。
时间到了，歌声停了。你平放我在疾驰之中。

你解开衣扣，淘出一颗心，将它衰老之处指给我看。
你又在衣袋摸索，真的一无所有。
你一手抹去月亮，一手拉上窗帘。

你以这铁轨深处的群山，森林，和海洋。

后来你吮我。吮出我深藏的一个秘密。
是的，我爱你。

我将会有一个孩子，你却吮去了我留给他的全部乳汁。
我还会有许多爱情，你一一吮出它们的结局。
你以老人才有的温柔。你以孩子才有的固执。

你吮我满腔的喜悦，直到吮出哭泣。

还有我和他的初恋，也在你口中舌底辗转。
还有一个淡绿的清晨，也被你揉碎。
你吮我的沉默，直到吮出谎言。

你抚摸我最后一道防线，像抚摸，琴的弦。

而我只是疑惑：你吮的是我，为何渐渐消失的却是漫
　漫长夜？
你吮的是我，为何我却充满了你？

感谢你，终究与我擦肩而过。在这狭窄的车厢走廊，在这广阔的一生。而我只是疑惑：结束的是爱情，为何停止的却是火车？

5

已知一：火车进入隧道时她在微笑；火车驶出隧道时她在流泪。
已知二：隧道是黑的；她是年轻的。
求：隧道有多长？

笔掉了。你惊醒。
你弯腰捡笔，看到满地是笔。
突然想起，刚才掉的不是笔。

世界沉睡，肉身摇晃。火车前不见头后不见尾。在最混浊的河流里，最庞杂的遗失里，在执迷不悟的怀想里，在沙尘暴里，在云端，在倒计时中。火车走走停停，你睡睡醒醒。陌生人走来走去。在灯光明灭不休中，在高烧时刻。

车窗面积是世界面积的几分之几？你凝视窗外。对面世界慢了，慢了……火车追赶光速而去，苹果孤独坠落地球。
你心中大喊：请等一等！我还没弄清自己相对于什么而存在呢！

有笔的时候没有纸，有纸的时候又找不到笔。除非一场重大撞击事故，火车停不下来，你也停不下来。整个白天你摸索来龙去脉，整个夜晚拧一只

拧不紧的水龙头。水滴磨损着世上最微小的物
　　质，重创着你。

至少丕有五十年，这一切才能结束。

你身处流逝之中，紧握唯一的笔站稳了。
你的记录是最大的流逝。每写下一个字，世界轰塌
　　一角。

根据记录显示，这是倒数第二个梦了。
你起身向最后一个梦走去。

最后一道题：
已知一：你最爱我。
已知二：你对我的记忆约等于一段旅程那么长。
求证：这一生中，火车带着我离开你比带着我去向
　　你，只多了一次。

6

世上最小的火车是我的单人床。带我穿过无数黑夜
　　的隧道，遇到梦境便稍作停靠。无人上车。终点
　　站是我的卧室。无人迎接。

旅途中我独自生病了，又独自痊愈了。

有时突然醒来，床停在荒野。四面茫茫。
清晨推开门，我对来人说：你好。心里深知，我们
　　早已诀别过了啊！

那么，我令你好奇吗？

多年来我不远不近，若即若离。我以睡眠的时间走
　　向你，其他的时间统统用来离开你。

我令你感到沉重吗？我拖着一整列火车与你恋爱。
　　面对我时，你总忍不住望向我身后。

仿佛堵住了所有的去路，我就站在那里。

仿佛我只熟悉告别。我们起身，穿衣，整理头发。
　　聊天。轻易说：再见。一个转身就走，一个转身
　　睡去。仿佛我更熟悉长夜漫漫，手边床单一道
　　折印。

熟悉每一次失眠，熟悉夜半起身喝水。熟悉壶水滚
　　烫，熟悉壶水逐渐冰凉。

那就这样吧。
只是千万别爱上睡着的人啊！她最狠心。她抱着石
　　头沉入大海。无论怎样呼唤，都不肯醒来。
睡着的人走得最远。她即将抵达死亡时，她的伴侣
　　还在她身边辗转反侧。
睡着的人有秘密。她均匀呼吸，身体深处万家灯
　　火。她一闭上眼睛，另一个世界天就亮了。
睡着的人孑然一身，连枕头都与她无关。
她躺着。犹如飘落着。

别惊醒她。星空下，火车正经过最美的湖泊。

7

还是火车还是候车室还是站票还是等待。我不爱火

车不爱远方不爱旅行。所有的美景啊，际遇啊，只在清晨里裹着棉被遥想。却不能面对真实的火车。它长，冷，满载启动。

仿佛重来了一遍又一遍——火车进站，众人起身，队伍无尽向前……无论梦醒几次，仍身随人流缓缓移动……无所谓了吗？无处去了吗？那么多的行李堆在脚边，那么多的人在欢笑，那么多的明天排列到天边，那么拥挤，那么黏滞，那么慢。而火车巨大，全部带走。

那我又算什么呢？我还不如我的行李沉重，我还不如我的神情悲伤。我不如你温柔。我什么都不如什么都不是，什么都不知道什么都不愿意。整个旅程我蜷身沉默之中，挟裹鱼群之中，耽湎无尽暗流，依赖拥挤，迷恋燠热。我只是一个娇生惯养的独生女，一枚随天风而去的小小种子。总是在路上，不能发芽。总是在哭，不得罢休。

8

旅行结束后我开始给你写信，字迹间一行铁轨，薄纸轰隆暗响。想起有一次，火车带我去南方。途中得知你去了北方。我在车上哭。火车啊火车，唯有那一次，我不知自己是渴望停止呢，还是渴望永不停止。

从此我一生平安。从此我无依无靠。当火车奔驰荒野，相反方向有人坠落深渊。每个夜晚梦境隆隆地板震动。清晨，卧室不过是被火车头抛弃的一节车厢。旅行结束之前，我和你的距离不过

一天一夜。旅行结束之后，我这一生，只稍长于
一天一夜。

请继续失去我吧。失去的顶多只是我和我的一个秘
密。而这世上到处都是秘密。花不停地开，高楼
不停地建，最后的铁轨一段一段荒废在城市腹
心，铁栅门重重上锁。亲爱的，请继续结束吧。

只是还有两人，至今下落不明。各自乘坐一列火
车，原野上并肩齐驱。青春拐弯时，铁轨也拐
弯。他俩一同倾斜身子，暗自欢呼。后来一个拼
命叩击车窗，大声呼喊。另一个看向窗外，微微
笑了。

林 莉

暮 春

多余的灯都熄灭了
我们才披着一身干净月色

耳边有溪涧凌冽的潺潺声
自身体的空旷处传来

多年以后
我们在各自的孤旅中
又遇见自己喜欢的事物
再次为莫名的喜悦
疼得掉泪

人世呀，被流水送到一日之远
人心呀，难道是满月催它们分离
各有苍凉

春 夜

水草间淤泥的气味
荒草茎秆沙沙的耳鬓厮磨声
远处，土丘上坟墓如一枚被时间
用旧掉的金戒指

在黑暗中闪着孤光
幸福，属于这些在尘世无牵无挂的人

我默默地盯住它们
不为所动，不求安慰
在这广阔的人世间
我们有类似的沉默以及阴影
唯有内心的悲欣交集各不相同

雁群飞过

站在枫溪高高的堤坝上，我看见一群雁
向西飞去，有一瞬间它们张开的翅膀一动不动
像是在经历一场庄严的告别，然后它们从落日的针眼里
奋力穿了过去——
夕光把整个大地都染红了，黄昏的空苇地上
落着它们黑色的影子，安宁且痛楚

短　句

我爱这春夜的深潭
它弯曲着，沉静、幽蓝

我爱这潭水中的游鱼、迷雾和孤舟
月光下，它们有着模糊的面容

窒息的美。犹如今夜
我独坐潭畔，动了不死凡心

犹如某个古老的时辰，你忽然
读到这短句. 无端泪涌

一切，不多不少
恰如你所见. 我爱——

我爱这深潭状清冽沉默的命运
以及湿漉漉的呼吸

医学院路，飞鸟的记忆

有人朝一个方向挥手，说再见，留步
从医学院路开始消失。一步步退回到某年
某月的一个旧信封里。那里一片残阳美艳如初
却无法再触摸。直到现在我才明白
这一生，有些人只是为了来与我诀别
一只飞鸟从我的眼前飞过，慢慢变成
硕大的泪滴

康山大堤

后来
有人问我那夜踟蹰于康山大堤的心情
我能想起来的
不是湿漉漉的呼吸和几次三番的欲言又止
而是满天星光以及
湖水啃噬堤坝的呜咽声

鄱阳湖就像噙在我们眼里的一颗泪
夺眶而出

四月之末

雨后
野刺花落了一地
东边邻居被送上了山冈
这个半生受制于轮椅的女人
死时也轻得像一阵风
一溜烟就消失了
在山坡上坐着
野刺花也落满我们脚边
山野无垠，是花总要落的
这群温良无知的小东西
今时此日，才肯独自在山冈里
笨拙翻飞
……很久了
我们怀有的哀恸
不堪称之为哀恸
我们的一生
就像几片野刺花，贴着分叉的枝条
苦等春风来斩首

乙未年游铜钹山：立秋记

途中
我们掩埋了

一只野狍子即将腐烂的尸骨

越过曲折的山路

我们闯入到铜钹山的腹地

浆果落在枯草皮上

风吹过来

清凉的酸涩味蕾在极速弹起

像是某种熟悉而遥远的气味

我们停在这里

深吸一口气

努力吸吮着，一次又一次

我们的记忆在迟疑中来回摇摆、摸索

而此刻

山谷花开、鸟飞，溪涧细小的响动

却在提示我们

万物有序，包裹在一个大无常中

我们循着可能的迹象

慢慢平静下来

在一块巨大的岩石上坐着

我们细长的阴影

像极了一块晾干了水分的苔藓

这被时间处理过的标本

风也没能掀动它

其实

我也很久不曾想起什么了

浆果在风中滚动

仿佛是那只炽热凝视过我的眼睛

一晃，就不见了

秋天以前，风替我爱过它

葛仙寺记

那一年
我们连夜进山
背着水果、香烛、未了的心事
在菩萨面前跪下来
如今，我想不起
我们都对菩萨说过什么

嗯，我们紧闭着眼睛
舌头里埋着
山中野兽、泉眼、开白花的荆棘
我们的嘴巴在冒险
它试探整座山谷的虚无以及
菩萨的沉默`

冬 至

我们从七里门参加葬礼归来
我们胸别小白花，默默站在桂花树下
此刻，他正被推向火炉
他的妻子和女儿跪着，压抑着哭声
哦，我们的天空布满了温热的泪水
和灰烬
这是在赣东北，我们的故乡
接下来，我们将依次告别、送行
我们慢慢驾车穿过丰溪河大桥

阳光打在河面上，一片静谧
我们从车窗往外看
十二月的丰溪河停着挖沙船
几只白鹭，在河中心反复飞旋
远处，波浪微微起伏
世界，一面泛光的镜子
还是那样美，令人恍惚
其实，想到还有很多相爱的人
尚未从远方赶来
他们各自在某一处活着，从未相遇
亦永无别日
这让我欣慰
昨夜，我梦见那些故交
离我而去，不发一言
走向了结冰的田野

大雪不曾使我们短暂相爱

连夜大雪
小镇上，雪覆盖了所有的道路
我们不得不改变了主意
屋子已被清扫
我们决定生起火炉
顺便煮好剩下的几个土豆
松木在炉火里噼啪爆裂
树丛的气味、土豆的气味、雪的气味
这一次，我们显得异常平静
我们烤着火，一边慢吞吞剥着土豆
一边看着窗外的稻草垛一点点变白

雪落在雪上
使我们变得矜持
有谁知道呢
我们曾经受的，比所有的雪都要短暂
它很快就要把我们深藏起来

刘 年

喀拉峻的雪

穿一身白衣，骑一匹白马，去喀拉峻
雪，有的没蹄，有的没膝，背阳处，深达两米

芨芨草，戴着重孝；风，如丧考妣；天地，是一座
　巨大的灵堂
穿一身白衣，骑一匹白马，去喀拉峻

春风辞

快递员老王，突然，被寄回了老家
老婆把他平放在床上，一层一层地拆

坟地里，蕨菜纷纷松开了拳头
春风，像一条巨大的舌头，舔舐着人间

黄河颂

玛曲的庙里，只有一个喇嘛
他每次捡牛粪，都会搂起袈裟，赤脚蹚过黄河

低头饮水的牦牛

角，一致指向巴颜喀拉雪山

星宿海的藏女，有时，会舀起鱼，有时，会舀起一些
　星星
鱼倒回水里，星星装进木桶，背回帐篷

乌兰察布的夜

春天到这里，就枯了。杨树，扭曲得不成样子
星光，有毒

狗在旷野里，躲出了狼的惊慌
摩托，锈迹斑斑。喜鹊喊出了渡鸦的嘶哑

沙地上，和衣而睡的男子，一觉醒来，老了十岁
月光，有剧毒

克什克腾的风

阴山，正被风，锉成一粒粒细沙
沙一样堆积的时间，当时还在脚底，去年就到了肚脐

"天上没有不散的云啊，地上没有不老的人"
我轻轻地唱

那么多的风，把天空吹得又轻又薄，把人世，吹得如
　此冰凉

青藏高原

喇嘛们做早误，做晚祷，隔三岔五地辩经
枯死多年的榆蜡树，因此长出了木耳
钟鸣安抚群山
落日赶在夜幕降临之前，给大地披上紫红的袈裟

小夜曲

夜深了，陈旧的事物会发光

——雪也深了
邻家的女人走上台阶
边掏钥匙，边跺脚

愿深夜赶路的人，都能看到一扇橘黄的窗子

石头赋

1

我捂住腹部
蠕动的
医生说是结石，我怀疑是舍利子

2

鸡蛋，头颅，繁华
——败于石头
只有老司城的张岩匠赢过
从碳酸钙里
他取出了狮子和菩萨

3

一块心事重重的石头，先于我
爬上了一百多丈的望乡崖
不会跳下去，我们只是迷恋尘世的灯火

4

张岩匠执意要给女儿打碑
她喜欢红裙子，他选择红砂岩
凿子在尖叫，石头在尖叫，张岩匠一言不发
女儿总来托梦，而他
唯一不需要的，就是梦
他相信，碑一旦立起来
生与死，便有了国界

5

雷公反复模仿着张岩匠
石质的天空
被敲出了一道道裂纹

6

塑料的国度里
我和张岩匠一样，还在相信石头

总会有石头，倒下去，铺在路上
总会有石头站出来
成为碑

7

我跪下的冈仁波齐神山
是座六千六百五十六米高的碑
它和紫金山头张岩匠的女儿碑一起
撑住了越来越重的天

木头赋

深山里，我们只关心四季与浮云
最大的响动，是啄木鸟制造的
最大的新闻，是枫藤缠上了枫香
直到有一天，伐木者带着斧头，渡过了灵溪

久受歧视的矮杉，削成了斧柄后
成了森林里最受尊敬的木头
一上任，就将标直的大杉木，砍成了棺材

命最好的，是金丝楠
绑成木排，随波逐流，进了宫殿，做了龙椅
开始，还以为沾了主人的光
后来发现，他们看重的，只是椅子
有时，上面坐着一只绿头苍蝇
他们依然会排很长的队，买票进来瞻仰

油茶命苦，削成了陀螺

比油茶更命苦的是油桐，做成了木鱼
孩子们大了，终会饶恕陀螺
观音岩的尼姑，成天敲木鱼
从婷婷的少女，敲成了佝偻的老太婆
还没有放手的迹象
命最苦的，是伐木者
被愤怒的枫香树，压在了身下
又被自己打的棺材，吞进了肚里

我是青冈木，命硬
挨了很多刀，被制成木偶，在人间演戏
我藏起对斧子的敌意
演得十分逼真
不过，握手的时候
可以看到我掌上的木纹

聂 权

午 后

我们相拥躺着
不知不觉睡着了

阳光照在我们的肌肤上
像黄金，像跳跃着的银子

它们慢慢消失
像沙粒，像人生的温暖与微凉

像水的跳跃
像水融入哑然无声的水中

我们终究要分开
像水，不溅起一滴水花

但薄窗纱似的暖和，这个午后之后
在我们的心口存留下来了

靠 近

有鲜美之物
不可过分靠近。

有璀璨之物
不可过分靠近。

可倾心爱恋之物
不可过分靠近。

可抛弃其他，只迷恋它之物
不可真正靠近。

它们是祭坛上的红宝石
适合让某些人默然、哑然。

铁卵池

齐白石画
梅花草堂
梅花
如漫天雪

画堂、作品、藏品毁于一旦
朱屺瞻老人
于原址插疏篱
重建草堂，于其旁
疏凿日军炸弹所留深坑为池

——如今，池中水绿
睡莲低矮，开得美艳

不逊之心

瘦削如一根草的老男人，修草工
在给春日草坪浇水。

他安静，专注
只看草
仿佛，那是全部

他有一个胖妻子
永远在他身后嘟嘟囔囔抱怨
她又黑，又丑，有时
显现咆哮的嘴脸
他有三个儿女，乖巧孝顺，逐渐长大
仍穿着和他一样贫穷卑微的衣裳

他慢慢臣服了这一生
——一个人，只有一生
但是，命运之神！原谅他吧
偶尔的走神．身子的一动，他对你的
不逊之心

藏

弹尽，我们丕在一起

粮绝，我们丕在一起

弹尽粮绝
我们分开了
当时我们心怀美好
长久藏着对方流泪的温暖的脸
而今却因最终的背叛
生出微微的怨恨和悔意

赎 回

人间的罪，如此昂贵
要这样赎回

雨滴中回荡着那个小女孩的笑：
爱我，爱我

男孩无法爱她
命运的喉舌封住他的嘴

他渴望，面前落下的一片阳光
和他人的没有差别，渴着的心灵
长久地等待天使羽翼的拯救

你不断地犯罪。判决这样给他
他披着枷锁，慢慢无动于衷，他在老去

然而总有雨声
穿越一切而来，有时敲击他：
爱我，爱我……

理发师

那个理发师
现在不知怎样了

少年时的一个
理发师。屋里有炉火
红彤彤的
有昏昏欲睡的灯光
忽然，两个警察推门
像冬夜的一阵猛然席卷的冷风
"得让人家把发理完"
一个警察微笑着说
当另一个
掏出一副手铐
理发师一言不发
他知道他们为什么来，他等待他们
应已久。他沉默地为我理发
耐心、细致
偶尔忍不住颤动的手指
像屋檐上，落进光影里的
一株冷冷的枯草

梅 梅

她圆脸、卷发
原是

一个健壮、红润的女孩儿
对世间一切
均带有月牙儿弯弯的笑意

无机心，齿牙伶俐的妹妹
指责她的英语早读妨碍她的睡眠
她乖乖地闭上了嘴

她头疼，打着滚
身上满是灰土
舍不得花钱
送她上医院
她的母亲

毕竟不是埋一只猫一只狗
那年我回乡，看着了她母亲
她瘦了几分

小人物

他是一个小人物，半小时前
刚从琐屑杂务中脱身
没有一个人
能全得这世上自由的生活
蛛网般的现实
给他们大大小小的限制

踏着薄雪
快到家了

清凉的雪意迎面而来，吸入脏腑

每当这时
他会加快脚步
脚步轻快，会看到
浩瀚无垠的星空
笼罩他，从头顶
进入他
脚步轻快，他啊
就是那条高远的闪闪发亮的银河
它清冷，又温暖，充满安宁

打开门
他知道，屋里会有暖
等着他
锅碗瓢盆，窗台上的长寿花，灯光下，会有鲜艳的笑容
等着他

背　诵

曼德尔施塔姆逝后，四十二年间
娜杰日达
仍然
是他的妻子

她日日夜夜地背诵
丈夫的诗句
起先，是为了不使它们湮灭
后来，近于一种仪式

风雪中
是有传说的

背 弃

飞机上看人世
茫茫黑暗，闪耀着璀璨灯光

高远的深渊忽让我想到
一个背弃了为他舍去生命的朋友的人

他只残存微弱的忏悔，嬉笑于都市
而他的朋友，在暗夜里闪着光

泉 子

广陵散

苏轼会想些什么？在我今天这个年龄
陶渊玥会想些什么？
屈原呢？孔夫子呢？老子呢？
阮籍在十年之后就弃世了
杜甫在十六年之后终老于他乡
而嵇康在两年之前，在行刑的路上
最后一次弹起了《广陵散》……

一次针对年幼的你的恶作剧

一次针对年幼的你的恶作剧，曾在你们之间埋下了
　　敌意的种子
你曾那么努力试着去忘记，这些甚至不带有明显恶
　　意的羞辱
直到他渐渐地衰老，而你获得了他当年曾拥有的时
　　间之力
在他成为了一个慈祥的老人很久很久以后
甚至你真的以为你们之间的一种属于邻里的
属于一个长辈与客居他乡的晚辈之间的温情
从来就属于你们
直到他的死讯传来：
生病卧床几个月之后

他在一次偶然的便意中挣扎着起身
并平静地死在了他妻子的怀中
这几乎算得上一种接近圆满的终结了
不给亲人带来太多负担，同时，也给自己保留了足
　　够的尊严
而在随之袭来的忧伤中，你蓦然忆起
并惊诧于一种如此顽固的刺痛

犹　豫

在犹豫要不要送一本新出版的诗集给他时
突然传来他得癌症晚期的消息
你想起了另一件让你至今遗憾的事：
十一年前，你一直犹豫要不要邀请他出席你的婚礼
直到婚礼过后，他特意送来了礼金与一份手工制作
　　的礼物
他的孤僻在单位是人所皆知的
一顶常年的鸭舌帽，低垂着头
偶然从帽檐下露出难得的会心一笑
而你又曾分得这难得中的无数
更早的时候，他要开朗得多
在单位的一次改制中
他被安排到另一个他不熟悉的部门
并由三级领导降为一个普通职工
这之后，他性格中倔强与孤僻的一面得到了持续的
　　加强
他的怪异的最新例证，是在查出绝症之后
坚决拒绝任何人的探视，包括已离异的妻子
甚至在同一个单位上班的唯一的儿子

直到手术前医生要求家属签字时，他才向儿子透露了
　　医院及病房地址
而在你犹豫着，是打电话还是发短信去问候时
他敲开了你办公室的门
他是在隔壁报销医药费的间隙过来看你
并主动聊起了他的病情
医生对病灶进行了注射治疗
如果效果不理想，一个月之后
再做切除手术
他的语气轻松而平淡
仿佛在讲述另一个人的故事

诗人沈泽宜

山是墨绿的，天空湛蓝得出奇
墓园在明晃晃的烈日下，像极了波光粼粼的海面
新方说你的墓紧邻小路
在从下往上数第三排的位置上
但一个清晰的方向，并没有把我们领到你面前
六月下旬的下午两点，有着江南特有的沉闷
我们的汗珠滴落在墓园的水泥地上，发出哧哧的声音
整个墓园显得过于阔大了
我们的迷路多少是可以理解的
新方重新跑到墓园的入口处
并从第一排第一列开始搜寻你的名字
我留在原地，低下头
"沈老师，我来看你了"
是一种不为鹦鹉的耳朵所捕获的声音
而当我再一次抬起头

"诗人沈泽宜"
五个油漆一新的大字映入了眼帘
在左前方，隔着四排墓碑
我们把带来的水果摆放在你墓前
一边剥吃，一边聊着往事
你的双亲与你比邻而居
他们在你来到这里之前的一年搬迁过来
在你亲自操持下
并作为你有生之年完成的最后一首诗
新方为没能径直找到你始终充满歉意
他说，这边上本来有一条小路
而仅仅过去半年多时间
墓园又迎来了六七排新的主人

新年快乐

元旦日温暖的晌午
在一顿简单的午餐后
母亲兴致盎然地和我聊起
她年轻时的几位追求者

一个是她同村的表哥
在得知母亲与父亲相亲的消息时
满头大汗地跑过来
并大声地质问：
"你不知道他是一个药罐子吗？"
是斥责，也是这斥责深处的绝望
保全了一个消逝已久的午后

另一位是父亲大学学弟
他多次在母亲面前提起
父亲更年轻时的一段情感经历：
他曾为一个分配在县城工作的女同学等了六年
直到六年过去后
直到二十八岁，他才来找你
另外，他今年二十八岁了
而不是媒人说的二十六
母亲说，其实
父亲从来没有隐瞒过他真实的年龄

还有一位是邻村的理发师
在出嫁的前一天
他一边为她修剪头发
一边咬牙切齿地说
等这个肺痨死后
你一定要嫁给我！
这个理发师不久在为自己家建房子时
从屋顶上摔下来
死时未满三十

父亲今年七十有九了
他的皮肤细腻而红润
不过，母亲最终下定决心嫁给他
是因为"他当年真的是一个美男子！"
也因为媒妁之言：
人各有命
别看他现在像一个病秧子
说不定在你嫁过去后就好了
事实上，我们周围并不乏这样的例子

父亲后来成为这样的例子中最新的一个
母亲当年的追求者中另几个壮实如牛的年轻人
有两位已不在人世
还有一人则长年卧病在床
母亲在讲述的过程中有多次停顿
伴随母亲的叹息，我长长地吁了口气
一颗一直悬着的心也终于归于安宁

而在隔壁的房间中，点点
她的孙女正哼唱着
一首欢度新年的歌曲

逃跑者

她的丈夫逃跑了
他们病榻上的女儿
薄薄的被单未有能完全遮住她依然可爱的脸庞
甚至因病容平添了几分可怜
她脸上的泪花，仿佛花瓣上的水珠
或许，她并不明了
她父亲的消失意味着什么
她只是一次次在哭泣中回忆
并复述着父亲对她的疼爱
她说，她记得那温暖的胳膊弯
她是他唯一的女儿，是他全部的爱
虽然在几天之前，她已经知道她并不是他亲生
在十年前，她是她父母在她现在的家门口
相遇的一个弃婴

那时，她全身赤裸着

发出比一只小狗还微弱的啼哭声

她被她母亲抱了起来，并从她依然陌生的父母的怀抱中

感受到了这尘世最初的温暖

"我想把肚子里的孩子打掉，否则，

我们就不可能全心全意去爱她。"

"不——"他号啕大哭

但又找不到足够的理由

虽然他知道，这意味着他永远不会有自己的亲生骨肉了

因为他妻子怀上孩子时已经是三十四岁的高龄

最终，他选择了对妻子意愿的顺从

并把他全部的爱倾注到了这个被抛掷到他生命中的孩子
　　身上

并把她的身世之谜作为一个永远的秘密保存下去

如果命运女神一如我们期望的那样仁慈

如果一种致命的疾病没有在十年后毫无征兆地找到她

在与命运抗争的最初的那些时间里

他坚定地和她们站在了一起

他说他愿意倾家荡产

他的眼神一如角斗士在决斗场前的坚定与决绝

事实上，他并没有违背他最初的宣誓

他是在倾家荡产后成为了一名逃跑者

他伪装成了一个垂钓者

他手中的鱼竿是一件可笑的道具

现在看来，他消失在那个离家三百米之外的池塘

是一个故事的转折之处

他是被那诱惑的鱼群啄食了

还是成为了传说中的猛兽的新鲜粪便？

从此他杳无音讯

直到一个流浪汉把他的尸首完整地背了回来

他那满腹怨恨的妻子与被病痛折磨着的女儿都没有认
　　出他
她们无法相信，这个瘦小的包裹着一堆枯枝的皮袋子
与那个魁伟的男人之间的联系
"他是我流浪时最新，也是唯一结交的朋友
那时他已是肺癌晚期
他担心他成为这个家庭的一个新的负担
他说，或许，他省下的每一分钱
都可能在他女儿身上成就一个奇迹
现在，我已经把他背回来，也实现了我对他的诺言"

再过去一点的地方曾淹死过一个人

这里曾是一座木桥，再过去一点的地方曾
　　淹死过一个人
他是我童年的玩伴
那时，他的父母还很年轻，甚至没有到我今天的年龄
他的父亲将他那小小的身体搁在肩上
然后疯狗一般在村中的小巷里，在田埂上逃窜
仿佛一个被命运之剑架在后脖颈上的年轻人
紧随其后的影子的合流中，有一片树叶般细小的是属
　　于我的
沿途被我们惊扰到的事物已经被我遗忘了，我只记得
　　当时的
恐慌
那夹杂在脚步声之间，最初如树叶般细小
而在脚步的洪流中被加剧了的恐惧
那仿佛由一片叶子揭开的一棵大树，一个豹斑展开的
庞然大物的全部

他身体中的水沿着他的嘴，沿着他父亲的后背、
　　腰，草鞋
之上长着厚厚的茧的脚踝
一直淌到那被一条逃窜的影子覆盖的青石板上，那
　　被脚步声
席卷起漫天尘埃的土耕路上
他最终像一根滴水的绳索耷拉在前村的一堵低矮的
　　土墙上
他父亲目光呆滞地倚在墙根处
我们如牛般喘息，仿佛是一个笑话
然后，他母亲的哭声由远及近地一层层地
一寸寸地撕开了人群
哦，这是一个多么难忘的下午！

商 震

在天安门广场

这里的天空很高
广场也壮阔
我突然觉得
这里很适合抽烟

空中没有雾霾
行人也不是很多
我吐出的一缕烟
肯定会带来些污染
绝不会引起骚乱
只有个别人瞥我一眼

我知道这里适合唱歌
或者仰望
而我到这里却想抽烟

烟袅袅升空
我的陋习
还有我坚持陋习的决心
一并都暴露给了上天

角 力

月亮跌进屋子里
乌云与夜很亲热
我的全身被涂满黑色
天地间不再有路
也没有方向

黑夜是巨大的胃
我的思绪是一块石头
在夜里只有重量
没有形状

对付黑夜
要用一个清白的我加一个黑色的我
一颗善良的人心和一颗邪恶的贪心

黑风吹灭所有的光源
我心底藏着的阴暗
正在上升
比夜还黑

在银川

今晚的月亮只有细细的一弯
那是你的蛾眉
眉毛以下的部分

在我的酒杯里

我面前是一段平缓的黄河
远处是埋着杀声的贺兰山
流水不会记得历史
我却离古代的故事很近

杯中的你
是调皮的孩子
我端起杯亲一口
你就荡出笑纹
我把杯放在桌上和别人聊天
你就嘶喊

笑纹和嘶喊都是从水底
升上来
你离不开水
我离不开杯
你那一弯具体的蛾眉
还在天上高高地悬着
眉以下的部分

永远在我的酒中
有水的柔软
火药的破坏力

醉花阴

友人画荷

一阵一阵的秋风吹来
荷都是醉酒的人
在泥潭里挣扎着舞蹈

我躲不开人间的喧闹
离不开酒里的幻影

头上一轮圆月
水汪汪的
明明就是一杯酒
只是我喝不到

找不到能喝的酒
是空活一生
可恨的是
秋风携带着酒的影子
一直跟着我

心有雄狮

在陕北以北的草地
经历了一场大风

风是狂躁的
起初是一小股贴着地皮
后来是四面八方

地面上的风
尾部都向上兆

试图勾引天上的风
垂直向下吹

草被吹乱
像雄狮披散的鬃毛
一朵瘦小的野菊花
弯下腰躲进草丛里
我也闭上了眼睛

风在制造强大的噪音
试图要把花草吓死
风常幻想自己有很大的能力
我站在一旁窃喜
这混杂的噪音
恰好可以藏住雄狮的吼声

慕田峪箭扣长城

一段古老的墙横卧在山顶
保持着千年前肃穆的面孔
比山峭拔
比春风庄重

这是一段用险峻拒绝娱乐的野长城
一处保存完好的战争工具

人与人不能沟通
就筑起高墙阻断
国与国不想打仗

就隔山隔墙互不相望

我在山下仰视古人的智慧
环顾身边
那些可以拆毁或需要修建的墙

夜行车

在路边闲坐
一束光突然钉在身上
我冷了一阵子
哆嗦了一阵子

我看到黑夜
在阻挡着这束光
围剿着这束光
这束光没做任何抵抗
慌张地夺路逃窜

这束光
袭击我的时候
泼出一层厚厚的霜
而我哆嗦的那阵子
是一把沙子砸到了身上

我对光没有任何好奇
对黑夜也没有
我只是闲坐
恰巧看到了

黑夜与光的一场战斗

去西夏王陵

我和贺兰山之间是一片开阔地
地底下是曾经喧闹的西夏

树们都静穆地站成哨兵
小花小草羞怯地缱绻
几只麻雀在私语，哪一只
突然高声
会把整群麻雀吓得惊恐乱飞

我站在这里，辽阔地张望
看到风踮着脚悄悄地走过

我来，是想听听千年前的故事
那些隆起的坟冢
一定有许多话待说未说
可花草树木摇头不语
祖辈生活在这里的鸟儿们
也都忘记了西夏语的发音
空旷的西夏王陵，只能看到空旷

唉！也许西夏只能是史册里的西夏
那些被史册漏掉的故事
要么被大地封存
要么藏在贺兰山的心底

赤壁大战前夜

来吧，小乔
放心地睡在我的琴声里
周郎在，曲无误
这支曲子弹给两个人听
你听到的是温软的爱
对岸的曹操听到的是杀

明天，甲子日
孔明要借东风
如果东风不来
你到江边
把洁白的水袖抖一抖
我心中也会东风浩荡

琴和刀都是工具
心和手的操作
才有爱与杀戮

睡吧，小乔
等我从战场归来
让琴和刀都休息
我们酣畅地呢喃

沈浩波

在圣方济各圣堂前

我喜欢那些
小小的教堂
庄重又亲切
澳门路环村的
圣方济各圣堂
细长的木门
将黄色的墙壁
切割成两片
蝴蝶的翅膀
明亮而温暖
引诱我进入
门口的条幅上
有两行大字
是《新约》里的话
"耶稣说：
我就是道路
真理和生命"
我想了想
在心中默默地
对耶稣说：
"对不起
这句话

我不能同意"

教堂墓园

在阿尔卑斯山 脚下
寂静的教堂墓园
我遇到了一排排
花岗岩般
坚定的死亡
刚下过一场小雨
木制的十字架
纹理清晰得
像死亡抬起
干净的脸
每一个小小的墓床
都是蔷薇编织的花园
那些永恒的祈祷者
死后仍然
匍匐在大地上

高歌的人拎着嗓子

高歌的人拎着嗓子
说真心话的人，拎着通红的肝胆
烦躁的女人拎着头发
小时候过年，风尘仆仆的父亲
手上拎着一条大鱼
春天拎起全世界所有的冰

教徒拎着自己美丽的灵魂
对上帝说：瞧，我已洗得干干净净

乌鸦的掌声

漆黑的乌鸦
睁着漆黑的眼睛
在漆黑的树上
聆听身穿漆黑长袍的
黑暗君王的演讲
漆黑的夜的油锅
将它们漆黑的掌声
煎成金黄

季 节

有人在东京
看樱花树上掉落的叶片
血一样殷红
有人在北京看雪
鼓楼东大街的槐树
每年都会压断一些枝条
落在泥泞的街道
有人在飞机上看云
白云像雪
也有深深浅浅的坑
像是被谁踩的
明年春天

槐树会长出新的树枝

大街上人流汹涌

没有一个看上去像死者

没有人死过

不是吗？

没有枝条从树上断开

士兵们向我们走来

闪亮的靴子没有踩在血迹上

地球上没有叙利亚

也没有巴勒斯坦

巴黎平静，音乐厅里

没有枪声

靖国神社的樱花又将开放

穿灰色职业套装

和黑色丝袜的女人

簇拥在樱花树下

一年年向他们的英雄鞠躬

那些年轻的生命

短暂如流逝的樱花

他们没有在远东杀人

南京没有屠杀

木 匠

裸露着

上身的木匠

正在奋力用刨子

刨一段木头

一朵朵刨花

像浪花般涌起
轻柔，卷曲
散发着木头的清香
他在木头上游泳
伸出双臂
又收回

陇头明月

陇头明月迥临关，陇上行人夜吹笛
但我在陇东、陇西、陇南
走了那么远的路
喝了那么多顿酒
却忘了看一眼，王维笔下的陇头明月
我只是看到了
彬县的苹果、长武的苹果、静宁的苹果
和天水的苹果
我只是看到了
固原的黄土、西吉的黄土、定西的黄土
和渭源的黄土
月亮照耀着苹果，也照耀着黄土
生长苹果的地方
人们的日子
比只有黄土、没有苹果的地方
过得好一些

亚细亚的悲伤

一个民族的悲伤
有时静如虫鸣
丝绸般光滑的黑夜
谁在呜咽着
奏响仇恨的乐章

成见是通红的烙铁
仇恨是火中的油
亚细亚，你必须遭受这酷刑
人心如经受不起疼痛的飞鸟
逃生成为一种意志
飞行不再为了自由

哪一片废墟敢声称
瓦砾下埋葬着正义
悲伤是一封不准被传递的信
谁把耶路撒冷的凌晨
写进乌鲁木齐的黑夜

一个民族的悲伤
有时静如虫鸣
如果侧耳倾听
如同暴雨雷霆

灰色的梯子

那里曾经有一架梯子
就在那里，在一片
奇特的光芒中

父亲背着你
一节节向上攀登
梯子的尽头
是另一个世界

那是一架灰色的梯子
你的父亲
背着越来越重的你
向上攀登

那是一架看不见的梯子
父亲将你
轻轻放在梯子的尽头
他和梯子一起消失

那是一架灰色的梯子
如果时间有光芒
我们就会看见它

我爱她像……

我爱她像爱母亲、女儿和妻子
所以她像母亲一样严肃
像女儿一样对我轻蔑
像妻子一样冷漠

戴眼镜的人

戴着高度近视眼镜的人
不小心从一座桥上掉进河里
落水的一瞬他的第一个动作是
伸手在眼窝上摸索
他的第一声呼喊不是"救命"
而是——"我的眼镜没了"

桥上惊恐的人们于是也跟着大叫起来：
"他的眼镜没了
他的眼镜没了"

从海边的高楼往下看

沙滩上嬉戏的人
像小孩一样小
其中有两个
男的穿白西裳

女的穿白婚纱
这两个白色的小孩
就要结婚了

沈苇

今年秋天在里耶

向晚，去哪儿都像是回家
一闪而过的村庄，一些惆怅名址
有溢满的乡愁——
毛沟、卧党、下略、黄连……

过酉水大桥，落日西沉
风景突然开敞，美不可言
一车人不禁发出欢呼
仿佛经过漫长跋涉
终于从保靖国来到了龙山国

在路上，一再暴露迷失的灵魂
但里耶老街通往所有人的外婆家
今夜投宿土家客栈，酉水河畔
三万枚秦简与我同眠

纪念一场大暴雪

遍地无辜——
郊外羊群转瞬不见
街边树枝，被积雪压得称臣
天空，已倾泻万吨孤寂

大地裹尸布：一床辽阔的厚棉被
爱雪葬，要胜于爱火葬和土葬
人们欢呼和描绘的大浪漫
实乃无以言表的大艰辛

在吕牧导演的纪录片《乌鲁木齐的昼与夜》中
黄昏雪地里，只剩下我一双回家的黑皮靴
——啊啊，我的头哪里去了？
瞧，动物园长颈鹿替我伸出孤零零一个

流浪狗爬上屋顶，想化身一台航拍器
为了俯瞰这白茫茫的纯良和低调
就像我和西子湖畔来的美女主持李晗
在包家槽子村的"亚心"深一脚浅一脚
变成两个越来越小的黑点……

死者从未离我们而去

死者从未离我们而去
在葡萄叶和无花果叶
漏下的星光里入座
寒暄，垂首，低泣

他们随流水和尘埃迁徙
用风，采集草尖的战栗
一大早在花丛中睁开眼睛
提醒另一些假寐的死者
还有值得细赏的"人间"

有时在乌云和白云之间
演示雨水的慷慨
雷霆的震怒
有时用一株闪电
扎根惊叫四散的人群

在清明节和忌日
他们坐在我们对面
默默饮酒，吞咽食物
或者亮出一把长刀
切了西瓜又切甜瓜……

巴布尔回忆录

从费尔干纳、喀布尔到印度
奔突，呼啸，攻掠，杀人
屡屡被打下马，丢盔卸甲
颠沛流离如丧家之犬
找一片草地、一个山谷
好了伤疤忘了痛之后又去
奔突，呼啸，攻掠，杀人
这是我十二岁开始的日常生活

在撒马尔罕败于乌兹别克人的云梯
阿富汗人投降时，嘴里咬着草
好像在说："我是你的牛。"
我下达斩首令，以便营地前
堆起一座又一座人头的尖塔

我曾发起反对自己情欲的圣战
而对酒的渴望，常使我热泪盈眶

荒漠山野，否泰交替
成吉思汗的血脉、伊斯兰的血脉
汇成我"米儿咱"不安的血脉
从中亚到南亚，永在驰骋
永在路上。我，死亡制造者
正是每日每夜与墓穴为伴的人
高烧，麻钱，水银，泻药
是我忠诚不贰的伙伴
血和酒，同时饮下。我必须
爱上我的短命、我的内伤

来自喀布尔的葡萄、甜瓜
勾起并加剧我的思乡病
在酷热淫雨、瘴气弥漫的异邦
三百三十一年的莫卧儿王朝只是一个幻影
如同先祖们察合台帝国的还魂记
应和了衣不蔽体、赤脚逃亡时
我在塔什干的图拉克花园
写下的第一首夏泽拉体诗：
"灵魂之外，无挚友。
我心之外，无信赖。"

她拥有如此这般生活的美容术

她用诗把一生改写成病例
公示的疼痛，找不到一剂良方

174

或如卡在淤泥中的一个词
闪电之鞭下，一棵痉挛的树

她揪紧头发，试图抽身离去
头发居然有了星光的造型

暧昧男子如报废的卡车
四个轮子陷入她温柔的梦境

那疯狂空转的、火花四溅的
已被命名为"新写作之路"

她笑了，为了一再透支的晚年
为了脸上神秘而芬芳的淤泥

她拥有如此这般生活的美容术：
一再饮下自己的被侮辱与被损害……

中 年

此刻在一起，在山坡上
看一座几近遗忘的城
看似曾相识燕归来
这就是全部了

分别后，两手空寂
回到各自命运的旧怀抱

这个"颓荡"年岁
身体开始四处漏风了
磨损的外套挂在衣架上
渐渐有了人的模样
从小至今扔掉了多少双鞋
已难于计数
世上的路也难于计数
留给自己的只有弯曲一条：
暮色四合中的荒芜路

甚至连绝望也不吸引人了
新闻转瞬皆成旧闻
只需学会在长吁短叹中
获一种凝神静气的力量

时光送走一些季节
一些流云，一些星光
而从水中月到天上月的距离
你还来不及丈量

看见一个和自己影子搏斗的男人

在天边，我看见
一个和自己影子搏斗的男人
日复一日，他爱着
这精疲力竭的游戏

他的肉身是一只倒毙的羊
他的影子是一匹飞奔的马

他的羊追不上他的马
他的停滞追不上他的自由
他的挣扎追不上他的狂放

一个和自己影子搏斗的男人
使我想起故乡运河边
一个和自己长发纠缠的疯女人
她把命交给一缕烦恼丝
飘荡在一株香樟树上

晨 起

晨起，发现自己还活着，很好
没缺胳膊，也没少腿，很好
只是昨夜梦里为找到一朵小花
穿过太多荆棘，全身还隐隐作痛
洗脸，刷牙，照会镜中人
白发又多了几缕，不必忧伤
再白一些，就配得上天山雪了
"还活着！"这是一个多么惊人的
发现啊。朋友来电，约我去楼兰
为什么要去楼兰？和木乃伊约会吗？
或者那里还有未曾发现的宝藏？
而我，正吃惊于"活着"本身呢
激动并陶醉，没有远游的兴致
在鸟市，在活着实属不易的时代
晨起，发现自己居然还活着
四肢完备，内心康健
仅此，已使我对新的一天
充满信徒般的虔敬和感激

石 头

献给鹅屋大山上的月亮
　　——兼致王维

1

二〇一五年十月某日，与玄武、成向阳在天街小雨
　　人文茶馆小酒。
玄武提议，今年第一场雪的时候从太原徒步回老家。
踏着白雪，听着脚底咯吱咯吱的声音，让北风卷着
　　雪花扑打脸颊。
又某日，葛水平信息："下雪的时候，来喝场老酒"。
心一下跑到高高的鹅屋山中，与三五好友围着火苗，
　　相互爱慕。

2

老家是什么？

3

十一月六日，雪来了，并不凛冽。
十一月八日，立冬，冬天的感觉还是不够透骨。
但我不想多等。
无论如何，小雪之日也要出发，十一月二十二日，
　　阴历十月十一，刚好。
沿着208国道。
一个背包。

一本书：《广钦老和尚开示录》。

一个笔记本。

一些干粮。

一个自己。

4

一个最少的自己是个什么样子

一个最小的自己是个什么样子

走着瞧。

5

不扔掉身上的眼泪我不走

不扔掉身上的春风我不走

不扔掉身体里的每个人我不走

不扔掉身体里的自己我不走

我走的时候

一点多余都没有。

6

十一月二十一日，预告明天暴雪、狂风。

好。

我等着。

带地图？不。

带指南针？不。

带脚不带脑袋。

7

下午五点多，从家里出来，骑自行车到天街小雨人
    文茶馆。一路阴冷，似乎变天。

在北大街与新建路交叉口，有妇卖手套，十元一

副，备下。

又去金刚里小摊买了一袋馍馍片，九元。

8

刚在天街小雨人文茶馆落座，唐晋、襄敏夫妇来。

泡勐库大雪山乔木茶，五六年前鲁布革从云南带来的。

滋味丰富，生津迅速持久，如遇故旧。

言及出行，襄敏极力劝阻，至哽咽。

唐晋不语，叮嘱每至一地，即告知。

9

他们走后，独坐独思。

此行即与自己打架，不关其他。

最少最小才好。

一切事都是小事，都是破事。但有件大的，即啥是生死。

唯有把这身上多余的扔个干干净净，才不负岁月。

之后，把两个茶壶里的剩茶都煮着喝掉。

明天出发。

10

十一月二十二日，晨五点半起床。

依旧是清水煮面，一个西红柿，几片白菜，一点盐。

把身上的钥匙全部放下。

此物最是牵扯。

一出门，天阴，无雪，风也不吼叫。

败了些许兴致。

11

闫坚开车把我送到正阳街与208国道交叉口，这里是李
    家庄。

城市里的那段路，不值得用脚思考，略。

此时八点。

从小店收费站开始，208国道正在翻修，开膛破肚。

过大村，看见示牌写着距东观四十一公里。

今晚就住东观吧，那是个大镇，处于往长治方向与
　　往运城方向的交点。

12

路边杨树疏朗．喜鹊叫，上下穿梭。

柳枝飘扬着伊人的长发，空气中现出一张酸楚楚的
　　好脸，一阵幻觉遮住心性，冷飕飕一个颤抖。

罢。

13

再往前，路西一片坟场。

一个个土包子。

包人的。

14

路上车辆呼呼地扬起尘土，裹挟着尾气，害我呼吸。

过贾家寨、孙家寨、东蒲村，修路到此，前面变成
　　路的老样子。

15

一路上，心里冒出几颗人头。

很少的。

16

往前是西蒲村、南蒲村。

路边树上喜鹊又叫。

还有多少看不见的陪着我?

17

过西草寨时，看见路西农田里扔着一地剩余的白菜，
　　想必菜贱，农人懒得收拾。
很可惜。
不如让我全都腌了酸菜，足够填填肚子。
又遇加油站，我不需喝那脏物。

18

过西柳林、东柳林、刘家堡。
距刘家堡东五里，有晋霖寺。
本想拐过去，走了一截，担心天黑赶不到东观，便
　　朝着寺院方向遥拜三下，折身前行。

19

过石沟村、潇河桥、郝村、枫林干渠桥、王吴村、
　　北录树、王答、马家庄、大寨。
标牌显示离东观还有三十公里。
这是一条运输干道，大车太多。
一路灰土，呛得恶心。

20

到达常庄，中午一点，肚子不算太饿，也忍着吃。
路边有批发橘子的，扔了一地半烂不烂的，想拣几
　　个好一点的润喉。
车主却好心，让从车上拿。
只取三个，边走边吃。
又不舍得吃得太快，吃一个，隔一会儿，再吃一个。
橘子很甜。

21

过北宜武、亶花、象峪河桥、南宜武。
在南里旺村踅西，又遇坟场。
有一坟堆还是新土，上面放着花圈。
土包子里的骨头应该也是新鲜的。

22

一路上看见路边到处写着厂房出租、场地出租、门
　　面房出租、半拉子楼房转让。
这些年，膨胀的欲望到底结出多少恶果。
一个屁大的地方，整个宇宙都在为它操心。

23

沿途没有一条河流不是脏的。
没有一条水渠不是脏的。
脏水重复着脏水。
家园丢失着家园。

24

过宁家营、尧城、小武。
腿开始疼痛。
抑制住了去路边小饭店吃一碗面的念头。
却又想少作歇息。
看见路西有座破庙，正好。
哪个庙里也让人。

25

进去叩拜了关帝，见供桌上有香，便点了三炷，又
　　从包里掏出一把干果，供在上面。

在庙前台阶上坐下，小吃，喝茶，听风吹。

那茶是早上出发时泡的，已是冰冷。

错带了一个夏天用的杯子，不保温。

第一次喝冷冽的生普。

爽到骨头。

26

往前出清徐县，由太原界入晋中界。

路标显示离乔家大院八公里。

过牛家堡、大义、麻家堡、祁县经济开发区、张北。

此处路东有延寿寺。

再往前，张南，乔家堡，西观。

天黑下来。

27

下午六点到达东观。

入住七天阳光快捷酒店。客人很少。讨价还价，一百元一晚。

在旁边饭店吃一大碗素焖面，八元。肚子还吵闹，又要了一小碗素炒面，六元。

用剩茶泡脚，洗澡。

28

在床上读《广钦老和尚开示录》。

言老和尚入山苦修，只带四套简单换洗衣物、五百钱米（约十多斤）。

在清源山准备作一番活埋。

你有什么理由不"活埋"，姓宋的！

29

检点今天所需：

食物不需要太多，哄哄肚皮，能够维持体温就好。

水也可以节制。

空气却是最需的，没有这口气，什么也不是。

但空气最是忽略。

思考不需要，思考都有局限，都是大脑制造的垃圾，
 不值。

嘴巴也不需要多少，可以闭着。

眼睛不需要多看，东张西望是多余的。

耳朵也不必多听，越简单越好。

胡子不需要乱。

面子也不需要。

30

一路上默念'南无阿弥陀佛'。

一提左脚"南无 ——"，右脚"阿弥 ——"，左脚
 "陀——"，右脚"佛——"。

31

多数时候能安住在这一声佛号上。

疼痛、疲累便能放在一旁。

但心也常常往外跑，被外境牵着鼻子，不做主。

32

十一月二十三日，一觉睡到八点，起来，与前台要了
 针线，把右鞋里破损处缝好。

这鞋是七八年前去黄山时买的，已不合脚。

昨天一路，右鞋里的架子破露出来，把脚也磨破一块。

本想去镇上买双新的，但又不舍得扔掉，自己缝补缝
　　补算了。
还是昨夜那个饭店吃了早餐，一碗稀饭，一份烙饼，
　　六元。
上午十点才出发。

33

天阴着。
从东观出来，路西有一破庙，关门。
停下，望了一会儿。
这种败落的庙宇，山西不知有多少。
没它，人心住哪。

34

过榆林、东王乔、南团柏、王乔堡。
看见路边果园树枝上还剩着几个小苹果，便用拐杖钩
　　下来，边走边吃。
拐杖是在五台山大朝台时买的，当地人叫降龙木，也
　　叫六道木。
现在它可扶扶我。

35

过牛居、峪口、段家窑、鲁村。
一路上大车呜呜呜的，空气恶心。
近子洪看见路边有棵桐树，大冷的天还在绿着，便停
　　下端详。
又见农户门口的白萝卜还长在土里，缨子绿绿的，便
　　向老乡讨要。
老乡弯腰拔了一个递给我。
我用手把泥土抹去，掰成两截，边走边吃，脆生生的。

剩下一截大的吃不了，送给路边饭店。

36

四处张望的时候，便觉腿脚疼痛。
当整个身体与一声"南无阿弥陀佛"相应，疼痛却
　　不知跑到哪里。
一颗散乱之心必然处处都是破绽。

37

翻过子洪水库，算是入山。
看见路边的酸枣，顺手摘了一把，边走边含上一
　　颗，满嘴口水。

38

把地球往屁股下一坐，便可歇息。
喝水，吃干粮。

39

左脚开始疼痛，弯曲困难。
让它疼吧。
你疼你的，我走我的。
"南无——阿弥——陀——佛——"

40

过磨支、盘陀，见清泉。
好的东西不能出山。
水一出去就脏。
空气一出去就脏。
人也是。

41

过谷峪口时，把口袋里剩下的两颗酸枣吃掉。
酸甜酸甜的，一激灵。
谷峪口有旅店，但刚四点多。
歇一歇，咬咬牙，再往前走走。

42

过团城，天已黑。用手电照着。
"南无——阿弥——陀——佛——"
一个人走在旧208国道上，黑黑的，静静的。
些许雪粒掉在脸上，也是黑黑的，静静的。
"南无——阿弥——陀——佛——"

43

近七点，到来远镇，找见饭店，吃两大碗面，付十元。
住老乡家，二十元一夜。她家开着小卖部，买了顶线
　　帽，十元。
进了屋子，冷飕飕的。
久无人住，老乡刚刚把炉子点着，一股煤烟味。

44

要了一壶开水，用剩茶泡上脚。
把左脚底的泡撕破。
用茶叶揉洗破处。
靠近火炉，把洗了的袜子搭在椅背上。

45

盖了两床被子，和衣而卧，把刚买的帽子也戴上，保
　　住体温。

本想路上遇着一个破庙，露宿一次，感受古人风骨。

看来抵御不了这风寒，息了此念。

46

躺下前，看《广钦老和尚开示录》。

随手翻到一页，老和尚说：

"忍辱是修行之本，戒中也以忍辱为第一道，忍辱是
最大福德之处，能行忍的人，福报最大，也增加
定力，消业障，开启智慧。"

47

行走是自己的事。

谁也代替不了。

念佛是自己的事。

谁也代替不了。

呼吸是自己的事。

谁也代替不了。

放屁也是自己的事。

48

十一月二十四日，早晨七点醒来，一拉窗帘，外面
飘着大雪，白茫茫的。

还是把这场雪等来了。

请它陪我走走。

49

在小卖部，店家用铝锅煮了两袋方便面。

又要了一个馒头，一袋榨菜，付了八元。

靠着火炉吃下。

外面的雪随意飘飞。

昨晚吃面的那家饭店老板从对面进来，"唉，遭这罪
  干啥!"

50

来远也是古镇，旧208国道穿街而过。
沿着街道往前，过桥，进山。
山、水、树与白雪彼此相爱，浑然一体。
路上一个人也没有。
脱离了任何时代。

51

"南无——阿弥——陀——佛——"
"南无——阿弥——陀——佛——"

52

过刘家垴。
头顶飘着白色的雪花。
脚底发出"咯吱——咯吱——"的声音。
雪花替我把身后的脚印盖住。

53

从小路爬上去，进入红子山隧道，并入新的208国道。

54

左脚背肿疼，小腿也是，弯曲困难，都不听话。
一停下，腿脚就抬不动。
全靠一声佛号护持着往前。
所有的业障都跑出来，向我讨债。

55

新208国道上，大车渐渐多起来，小车也是。
只能靠着路边走。
车辆经过时，赶快再往路边靠一靠，站一站。
躲不及时，溅我一身雪泥。
没事，我受。

56

过了北关，再往前就从祁县界进入武乡界，也就从
　　晋中界进入长治界。
过司庄隧道、司庄。
前面堵车，停了长长的一路。
再没有车来扰我，走起来方便多了。
有时在雪里走。
有时在黑乎乎的雪泥里走。

57

山越来越高。
人越来越小。

58

至南关。雪晴。
实在走不动了，便去路边饭店讨水喝，顺便歇歇。
店主正在打扫门外的雪，不想理我，说没有开水，
　　你去其他家看看。

59

我央求说你搬个小凳子出来，我坐坐就走。
他进屋提出个凳子。

一坐下，浑身放松，把脚从鞋里掏出来，让它也舒
  展舒展。

60

他一边扫雪，一边与我搭话。知我徒步去长治，甚
  是不解。
坐个车多好，为甚走。
我笑笑。
他看我太累，就进去烧了一锅开水，端出来。
我从包里拿出普洱茶，掰一块给他，算是感谢。

61

"南无——阿弥——陀——佛——"
"南无——阿弥——陀——佛——"

62

近土门，在山脚一护林人搭建的石屋中歇脚。
再把脚从鞋里掏出来，舒展舒展。
杯子里的茶又是冷冽。
吃了些干粮，哄哄肚皮。

63

"南无——阿弥——陀——佛——"
"南无——阿弥——陀——佛——"

64

过土门、石窑会。
到达分水岭村，下午四点。
尽管天气还早，怕找不到过夜的地方，不敢往前。

拖着腿问了几家路边饭店，好不容易找到一家答应
　住宿。

65

住宿的房间没有生火，用的是电热褥。
早早把两床被子铺好。
屋里的空气冷飕飕的。

66

吃了一大碗面。
围着饭店的火炉，用剩茶泡上脚。
把湿鞋烤在火炉上。
把洗了的袜子烤干。
天黑得只剩下孤独。

67

有三个从太原返往上海的司机进来要住宿，正好余
　着三个床位。
又有十几个司机进来也想住，却没地方。
他们只有在车里过夜了。
堵车不知道还要几天。

68

和衣而卧，把帽子也戴上。
缩成一团。
半夜出去小便时，看见了月亮，又高又冷，在天空
　吊着。
一泡尿出去，全身发颤。

69

爱极孤月、冷月、净月。

今年写过一首诗：

《初秋某日凌晨四点在鹅屋山中独自看月亮》

闭着眼睛看

趴在地上看

偷偷看

70

想起虚云老和尚朝拜五台山。

从普陀山法华庵起香，三步一拜，历经三年到达。

大师言："此三年中，除为疾病所困，风雪所阻，不
　　能拜香外，一心正念。礼拜途中，历尽艰难，心
　　生欢喜，每每借境验心，愈辛苦处，愈觉心安，
　　因此才悟古人所谓消得一分习气，便得一分光明，
　　忍得十分烦恼，便证少分菩提。"

71

晨，近七点起床，外面飘着小雪。

吃了一大碗面，结了账，住宿二十元，一碗面八元。

左脚和左小腿依旧肿疼，尤其连接处，弯曲困难，
　　但较昨日稍好，身子能蹲下来。

杯子里泡了生普。

八点出发。

72

"南无——阿弥——陀——佛——"

"南无——阿弥——陀——佛——"

73

路面结冰，疙里疙瘩，步履不敢放开，收缩着腿脚
　　前行。

时有滑跌，拐杖扶住。

过分水岭后，就是下山。

74

过五里铺、良侯店、勋欢、权店。

208国道是条古道，许多村名都是什么堡、什么店。

很多古人应该走过。

走过即成枯骨。

车都堵在分水岭两侧，几乎没有车行走，偶尔有胆
　　大的，挪着往前。

75

太阳在前面上升。

过了权店，路面中间积雪消化，行走开始方便。

从武乡界进入沁县界。

76

刚才天气还是半晴，忽然乌云从后面排下来，飞起
　　大雪，灰蒙蒙的，混着大雾。

近西汤渐无。

77

近李家窑，路边加油站写着加油吃饭。进去要了一
　　碗素炒面，八元。

坐下来把脚从鞋里掏出来。

疼。

今天午饭没有再吃干粮。

78

过北牛寺、南牛寺、中良，至漳源。
浊漳河西源于此出。

79

在漳源路边一饭店台阶上一屁股坐下，把脚从鞋里
　　掏出来。
进去讨水喝时，店主问：你受这苦作甚，你是和尚？
依旧笑笑。
本想就此住下，但天气还早，还是往前走走。

80

"南无——阿弥——陀——佛——"
"南无——阿弥——陀——佛——"

81

至北河，小便时，腿脚实在拖不动了，看路边饭店
　　可住宿，就停下。
刚刚下午四点半。

82

住宿的屋子很小，仅放得下两张单人床。
选了右面的，靠着暖气片，店家自己烧的土暖气。
早早把被子铺开，用了两个。
被褥很脏，发出一种混合的臭味，应是很久不洗。
要了两暖瓶开水，用剩茶泡脚。
吃了一大一小两碗素炒面，大的七元，小的六元，

住宿一晚二十元。

83

在床上看《广钦老和尚开示录》。

随意一翻，老和尚说："修行要靠自己去行，像一
　　杯水，当你未饮之前不知其味，饮了之后，就知
　　道其味，所以要去行，才保证真。"

84

老和尚又说："修行要修到动静无挂碍，就是身在
　　动时心不动，不被动转，而静时也没有静之念。
　　又念佛扫尘埃，莲花朵朵开，就是要提起正念，
　　把恶念转为正念。"

85

虽早早躺下，但挨着暖气片，又没脱衣服，干热干
　　热的，很不舒服。

近深夜十二点，又来一河南林州客人，他的车坏在
　　路上，刚被店主拖回。

隔壁也住了两个他的同伙。

他又是打电话，又是抽烟。

很晚才入睡。

86

十一月二十六日，早上六点即起床。

就着水吃了些自带的馍馍片。

六点四十出发。

一出门，看见天上的星星。

一颗一颗的清冷。

87

左脚和小腿依然肿疼，只能拖着走。

慢慢地，与一声佛号相应，疼痛一边去。

88

"南无——阿弥——陀——佛——"

"南无——阿弥——陀——佛——"

89

低着头，心中念着佛号。

不用眼睛。

不用耳朵。

不是我走。

也不是山河大地在走。

90

从漳源往前，渐渐出山，路面已干，较昨日又好走
　　许多。

大车不多，不用吞吃尘土和尾气。

过南园、固亦、景村、口头、段店。

在段店路边讨水喝，稍作歇息，腿脚又不听话。

91

过西渠上、西河桥，这里是沁县城边。

过西良基、东良基，在路边饭店讨水喝。

老板娘说，坐个车多好，你愣不兴兴的，走啥嘞。

92

过红坡村，前面标牌显示距长治七十九公里，后面

标牌写着距太原一百五十公里。

过芦家岭、青屯，在路边农家讨水喝，要个小板凳坐下，
　　把脚从鞋里放出来。

过段柳桥、樊村、白家沟。

93

从大桥沟进入旧208国道，在路边小商店买一碗方便面。

要个小板凳在门前坐下，把脚从鞋里放出来。

一边吃，一边晒太阳。

想起古代圣贤都是走出来的。

不是坐。

94

疼痛不可转述。

转述的只是"疼痛"这个词，不是疼痛本身。

疼痛是空的，不会停留。

疼痛是多余出来的。

你管它，它就在。

95

过峪口，到新店，新店是大镇。

刚刚四点半，在路边药店买奇正牌消痛贴膏三贴，三十
　　九元。

有家新开的小旅店，可洗澡，讨价还价，一晚六十元。

吃了一大碗素炒面，八元。

住宿在二楼，上楼需扶着楼梯。

96

用剩茶泡了脚，又洗了个澡。淋浴器只有热水，没有凉
　　水，死烫。

在左脚背和左小腿上贴上消痛膏。

盖了两床被子。

屋里取暖用的是电热器。

把洗了的袜子搭在电热器上。

97

在床上看《广钦老和尚开示录》。

还是随性一翻，大德即来打我。

老和尚说："修苦行的人要有气魄，有愿力，不怕吃
　苦，各种境缘都须亲自从其中历练出来，才晓得实
　际的情况，智慧才能明朗，遇事才能无碍，否则，
　没有愿力，怕吃苦，畏首畏尾的，身心都被束缚住
　了，智慧如何能开？"

98

做，只有做。

99

十一月二十七日，晨七点起床，下楼时腿脚还是肿疼。

旅店老板娘早早起来，做了一锅揪片汤面。先吃了一
　碗，热乎乎的。

她把剩下的都给我倒进碗里，又是满当当一大碗。

算钱时，只收七元。

一热。

100

八点出发。

"南无——阿弥——陀——佛——"

"南无——阿弥——陀——佛——"

低头行脚。

不管三七二十一。

101

过了新店，就从沁县界进入襄垣界。

过魏家坡、楝村、小河、赤壁。

在路边饭店门口一屁股坐下，歇脚，喝水，晒太阳。

102

路上大车增多，快到长治市了。

靠近太原市的路上也是。

城市是个大怪兽，吃的东西多。

103

尾气和灰尘呛得厉害，只能躲在路边走。

旧208国道冰雪未化，踩上去咯吱咯吱的，有在山里
　　走的感觉。

但路太滑，车辆过来不安全。

过峰岩、返头、虒亭。

104

过了虒亭，右脚背也开始闹别扭，与左脚毛病一样。

在路边坐下，把剩下的一片贴膏贴上去。

过暖泉、后湾。

见路边有宝峰寺，便折上去礼拜。

襄垣县是法显大师出生地。

双膝一跪，额头碰地。

105

过蔡桥、大平、合漳、石泉、九龙、坡底，至夏店。

此时已五点，天欲黑。

中午只吃了些馍馍片，肚子造反。在路边吃素炒饼
　　一盘，七元。
本想就此住下，也是个大镇。
腿脚几乎拖不动。
但继续走。
"南无——阿弥——陀——佛——"

106

大车越来越多，空气很脏。
鼻子也很脏。

107

过了桥头，要爬一个大坡。
天黑了，用手灯照着，也给路过的大车一个提示。

108

"南无——阿弥——陀——佛——"
"南无——阿弥——陀——佛——"

109

爬上大坡，月亮刚刚出来，它陪着我走。
隔着灰蒙蒙的空气，月亮极不清爽。

110

过背里、西元堖，开始下坡。
低头念佛。

111

多走一步路，就能多念一声佛号。
一步不省，步步念佛。

非快非慢，快慢一如。

112

晚上八点，到达侯堡镇。

停在路边，好好地望了望陪我夜行的月亮。

它也是独自一个。

113

侯堡镇是潞安煤矿所在地，够繁华。

在路边药店买了两贴奇正牌消痛贴膏。

找了个小旅馆，讨价还价后一晚六十元，条件很好。

吃一碗方便面。

用剩茶泡了脚。冲了澡。洗了袜子。

把消痛贴膏贴好。

114

腿脚疼得厉害，连盖的被子都觉得是负担。几次一
把掀去。

这疼痛非扎心，非钻心，非揪心，简直是要把心生
吞活剥去，竟然忍不住叫喊出来。

在床上辗转无数，至零点，才入睡。

115

广钦老和尚开示说："出家就是要在恶劣的环境中
修，那些好的、快乐的顺境，已经不必学了。修
就是要修这些坏的、恶的，这些逆因缘，会启发
出我们的智慧与知识，成就我们的忍辱行，让我
们处处无挂碍。当我们的智慧发展到某一程度时，
就能折服某一程度的烦恼。所以，越是会修行的
人，越是喜欢在逆境中修。"

116

十一月二十八日，一觉醒来即八点，看见窗外太阳
　　正往上走。
把包里剩下的馍馍片全部吃完，今天就到长治了。
又浓酽酽地泡了一杯生普，喝到清爽。
九点出发。

117

过常隆、垴上，一路空气恶心。
过闫村、常沟，再往前就从襄垣县界进入屯留县界。
空气继续恶心。
"南无——阿弥——陀——佛——"

118

"南无——阿弥——陀——佛——"。
安住在佛号上，觉照自己那些妄念，像割韭菜一样，
　　刚割一茬，又生一茬。
深知自己习气太重，毛病太多。

119

时时提醒自己离证得菩提还差着十万八千里。
时时提醒自己人人都是菩萨，都是来度化自己的。
以此对治自己的慢心。
令其不生，或一生即破。

120

管他三七二十一。
低头念佛。
"南无——阿弥——陀——佛——"

"南无——阿弥——陀——佛——"

121

过北渔泽、南渔泽。

这里是常村煤矿矿区，又是闹热。

已是中午，走进路边一个小饭店。

火炉上煮着大叶茶，喝了一杯。屯留人嗜茶，不知
　　从何时起。

吃了一碗拉面，八元。

122

过新安庄、小河北、积石，至上村。

见路边有商店卖北京布鞋，便进去，到了长治好换
　　换鞋。

123

一扭头，突然看见秦尧进来。

124

说好四点半以后在常金村与他和葛水平两人碰头。

过了常金，就是市区。

现在刚刚两点半。

125

他说，吃过午饭后，他们就开车从长治过来找我，
　　已悄悄跟了十几分钟。

见我进了商店，以为饿了要买吃的。

他们想怎能再让吃干粮呢，赶快一起回长治吃饭吧。

126

罢了，就把剩下的这截路让给友情吧。
朋友是用温暖来度化自己的。

127

秦尧把我的背包接过。
出了商店，看见葛水平在车里坐着，傻傻地笑。

128

晚上，水平在家里炒了四个菜。
清炒白萝卜，清炒胡萝卜，山蘑炒豆腐，还有一个
　　是酸菜炒豆芽。
萝卜是不用化肥的，山蘑是朋友采下的，酸菜是她
　　自己腌下的。
她用今年的新鲜玉米面煮了一锅切疙瘩。
喝的是一九九七年汾酒，老瓶子，老味道。

129

徒步两百余公里，来找朋友喝顿酒。
我不想让古人小看。

130

除了行走之外，没有多余的行走。
除了念佛之外，没有多余的念佛。
除了忏悔之外，没有多余的忏悔。

131

想起今年写的一首诗《乙未年八月二十日再赴鹅屋

山中》：
凌晨三点
他独自踩着太行山
找月亮
那月也来找他
唉，他瘦了。

汤养宗

惊堂木

堂是现成的。惊堂木，老虎凳，绳，木夹
主审官以及蝇营狗苟的审问词也是现成的
提审人是我，被审人也是我
灌下一碗辣椒水，为的是
诛形诛心，而我与他隔着时间
惊堂木击案，"呀呀呸
你招呀不招?"其他木头在同声应和
哆嗦的我，不敢看那震怒的人
许多许多日子，我一次又一次
将自己押上刑堂，提自己，又审自己
向这颗头颅，叱喝另一颗头颅
一棵草刨到了自己的根
问根系下的虫，也问泥土中的梦
双手在腰背上是反绑的，也不知
这双手如何绑住了自己的手
皮开肉绽，还要补上一句话
"你最好打死我。"
不打死，如何受得了这无穷尽的皮肉之苦

阴阳论

阻止齿轮作乱的对应词有

呼与应，违与和，俯与仰，顾怜彼此，擒纵
从站立到倒立间的变换是
谨与肆，正与奇，常与变，世相乖合，收放
军舰鸟，鲣鸟，黑枕燕鸥，食火鸡，角嘴海雀
都叫热带海鸟，风生水起里鸟生蛋蛋生鸟
乱开合，无法无天，又各领各命
我叫汤养宗，我还有三四个小名
水火的事，谁攻火谁攻水，已相忘于纵横之间

过 招

又听见风与风在空气里过招，还听见
一些骨节在树干里发出的声响
在这棵树与那棵树之间，它们
使用了八卦掌，铁布衫，掏根术
岩石与岩石也打架，夜里
当你听到岩体突然的坍塌
许多时候，海水里一条鱼将另一条鱼的身体
拿过来，便大摇大摆地游到了另一片海域
有时我心跳，另一个人必然也心跳
还闹不清，心脏有时在左边有时在右边
大喜的日子，自以为是的时候
我的座位常常是空的，我不在
那个我从不想与他过招的人也不在

左撇子

见过太多的左撇子，用与我们相反的手

209

表心事，拆解事物的死结
许多反穿着衣服的人，我们并没有看见
而在一道暗门里，那些类似长有
反骨的人，国家也并不打算
对他们清除，我知道一些口感
是需要深究的，他们夹菜
好像偏要吃出味觉的另一半
闹不清河东河西哪一头水浑水清
我们可以不管，比如树要开叉就开叉
但关键一刻，我对这个人说：出手吧
同样拿命来，同样苦大仇深
我击中人间的这边，他击中人间的那边

钥匙在这里，门在别处

钥匙在这里，门在别处。
你要的身体，在两朵萤火虫的一对翅膀上
山西在左，山东在右，你的床
处在中间，别处尽是宫殿。
念头来自胃里，而非指南针
天下有孤院，供虫豸出入，说书人
老在细节里搬弄是非。
我找的门，是混淆的门，门缝里时光模糊
并且乱石爱长草，野蒿乱开花。

口　信

身体里有一封久远的口信，一句

生死要认的话，我养着舌头，也养蚜虫
许多时候还面向镜子对口型
为的是把那句话对自己又说一遍
作为一个有秘密的人，我不敢老去
经常话说一半，又看了看面前的人
以为他就是那个所要托付的对象
人世越来越空荡，我越来越
抓不住自己，更越来越抓不住别人
为了传递这句话，我便衣般活在人群中
也像物色人口的游荡汉，还突发奇想
在街上逮个人没完没了地说话
可是，我再也找不到那个可以传话的人

从天而降的人

从天而降的人我遇到三次
一次是小时挖洋葱挖上了一颗人头
另一次独眠醒来，床上
坐着我死去多年的母亲
而昨天，大牢向西！刚刚被关进去的人
今晚的饭局上，又翩翩而至
总是有许多许多的人，不声不响地出现
一如他们不明不白地离散

隔江而治

隔江而治，我是江南寂寞的领袖
隔山而治，我是百万草木的主

隔村而治，村里只住我一个人
我是自己的村长，管着一口井，一口锅
还有想象中
每天来开路条的村民
还有自认的选举，相当于
排他法，我把名字张榜在城头
与我放一起的还有一块城砖
藤蔓上长出的菩提果，一条爬壁虎
可没有谁能与我相比肩
我只好一个人登基，当王，一个人
在时光中挥金如土，一个人
把自以为是当作享用不尽的财产
石头，老树，头顶经过的
白云，都顺从这里的村规或王法
在我自己的帝国，时间已有点多出来
篱墙花乱开没有一棵结出正果
我骂骂咧咧，要精心安排
天地之间，一场浇灭心火的国殇

狮子吼

我多么渴望，终于化作了石头，拥有
狮子的最后一吼，而后裂开
人们看到，光阴依然是光阴
铁石的心肠依然铁石的心肠，作为
时间的仇敌，我终于碎了一地
人们说，这石头依然在战栗
依然一是一，二是二
这是它的肝，这是肠，这是它

不肯示人的羞处，许多爱它来不及爱
山林清静，但那形状依然不让人靠近

关 心

你关心你父亲死后有没有房子住，有没有
新的娘子，有没有每天哼小曲
我关心悲伤的风，湿冷的雨，无由来的云
这一刻是不是还含有活的消息
我们不是一类人，在石沉江底与风生水起间
怀揣着各自的铁石心肠
默默地理清这问题后
石头堆上，一朵花绽开了

捉 月

昨晚又有人到河中捉月。相当于我
在空气中自以为是地骑着一只狮子
到处在说一句话：不作死，就不会死。
十里的送葬队伍中，寒风急，飞叶响。
街边有人从衣袋里拿出发亮的东西
对人群亮了一下。

恍惚中的疯人院

有几件事不明，双手在腰背上是反绑的
绑我的人是我自己，也不知

213

这双手是如何绑上了那双手。醉酒后回家
又走到对面楼的同一扇门开锁
多次地认错，又多次犯错
放在锅里煮的是鸭，端上来后
变成了鸡，而全家人依然认为，他们
吃到的还是那只鸭
这些，都让我感到，自己正活在一座疯人院里
比如今晚，城中正在区域性停电
偏偏是，我书房里的灯亮了

所有的流水都叫无常

所有的流水都叫无常，所有的抽刀
都形同虚设
就像我，常年在雪豹出没的断崖上筑穴
在人间的朋友并不知
这个人的流失，偶尔的阻拦
也像刀舞水流，与云雾相向
他们无法辨认我用假腿
跑过的路脉，及一再的夺路而去
并一辈子想不明白，在那么高冷的地带
想去练习什么样的技艺

那人的坟，埋着他人的尸

那人的坟，埋着他人的尸
三爷的娘子，传下了别家的种
天空中摸到的牙齿

长有九桶月光的颜色

巫师死于自己的解药

棺材里跑着烈马

石头的裤腰松了，忘记了自己的硬

玫瑰错了，飘散着鱼腥草的香

一脸坏笑的青山

正走过一脸慌乱的说书人

武强华

夜入沙州

应该蒙面，带月牙弯刀
于夜黑风高之夜入城
应该避开官道，骑骆驼
于黄沙漫卷处突然现身
应该掩经卷，夜半开窗
举夜光杯，邀月光共饮葡萄美酒
应该挑灯，拂尘
在石壁上描佛祖圣像
应该着一袭霓裳，反弹琵琶
于鸣沙山下羽化飞天

可是，现实太平静了呀
深夜坐一辆大巴进城
多少让人有点沮丧
没有人把我们当作刀客
或者探子，甚至也没有人怀疑我
对一卷残破的经书
怀有觊觎之心

走　了

走了。什么海内存知己，天涯若比邻

216

都是无须说出口。我们说不出口
心里在拧螺丝

话语被挤压，拧干
张开嘴也只剩下淡淡的两个字
走了。今日天气不错
天高云淡，适合离别
适合多年以后制造回忆
故乡的天空没有杂质
北方的寒冷清澈透明

什么都藏不住，什么都是易碎品
我们小心翼翼
拒绝对视，拒绝再说只字片语
短暂相拥，匆匆离开
走了。那些争追过的青春
不过是二十年后安慰眼角的一滴雨
我在北方焦渴难耐
你在异乡大雨倾盆
走了。不说再见，不说十年八年
不说时间这把杀猪刀
不说距离，不说中国和马来西亚
不说母语里那点蹩脚的尴尬
走了。一路向南
只需十几个小时，热带的海风
就会剥去你身上的棉衣
拔刺一样，把故乡和北方的寒气
从你身体里剔除出去
还原异乡人一副谦卑的面孔
走了。明早艳阳高照
你又将成为另一个国度的女人
拖儿带女，煮饭，烧菜

日复一日，在梦里和母亲说家乡话
却从不向亲人泄露右臂上那片烫伤的疤
走了。我以忙为借口逃得很快
但路上那条狗真的不是我压死的
血肉模糊，骨肉分离
我只是多看了它一眼，内心凄惶
人的命，也不过如此
哪里生、哪里死都不重要
天涯海角，各安天命

大 寒

这个下午，适合想念，适合写诗
适合放肆，无所顾忌
适合把一个人想成碎片
适合在一间酒肆里读诗
大声吟诵病句
适合虚构年轻，把痛彻肺腑的美
吐出来。适合一错到底
罪不可恕，在幻觉中
攻城掠地，独霸江山
适合美人计，勾魂摄魄
把英雄一网打尽
适合把刀架在脖子上
邀你来饮酒。适合大醉
适合死
在病入膏肓，无可救药的
一首宋词里

那时候

那时候，我一直不记得父亲的年龄
他是壮劳力，每年都要上山去背矿石
换来一家人的口粮和三个孩子的学费
那时候，我一直以为他是个贪吃的人
每次，说起山里的事情
他都砸吧着嘴
说野青羊的肉是这辈子吃过的最香的肉
却从不提及自己落下病根的两条腿

母亲三十九岁
很多年我都以为她不会再老
冬天，她随人们去山上拾发菜
那些细细的发丝一两能卖七十块钱
她给自己上了发条，整天
低头弓腰爬行在山坡上
那些天，她的眼睛肿得像桃子一样
那时候，我才发现
她其实已经四十九岁了

零点街头

有人睡了，有人已经开始做梦
零点的山丹小城，一群羊
紧贴着我们的身体，淬火去了
我们坐在夜色里，除了霓光

什么也看不清楚

羊头和羊蹄端上桌来，草场的空气
似乎还保留着新鲜的体温
像一个熟人，在我旁边的椅子上坐下来
端起酒杯，用手指轻叩着桌面
一只羊的整个身体都在夜色里轻轻晃动

花儿里唱的妹妹还没有出现
畅饮者，继续干杯
街头台阶上缩小的江湖，零点
那一刻的黑暗缩得就像一粒火星

钟声在不知不觉中化整为零
有人熟睡，有人正在做梦
有人已悄悄地从酒杯中抽走了自己

末日笔记

就当它是末日好了。雪落着，最后一个夜晚
世界静谧。白色的天堂
每一个人都有自由，可以尝试棺椁和死亡
带来的宁静。汽车只是没有灵魂的虫子
它蠕动，用缓慢来刺痛今夜来不及再爱的人
大街上幽灵出没。站在窗口
我看见自己在街上奔跑，轻如薄烟
尾随者手中持刀，目光滞重
所有人的灵魂都拥挤在街上，冒充天使
"他们来得及死亡，但来不及爱"

屋子里悄无声息。可以复活的东西
听得见心跳。几个小时也许还不算太短
完全可以在镜子里宽恕自己。拿起剪刀
我想起正午，大片的雪花，那么欢畅
放学回家的孩子呼出的白气驱赶着一辆马车
奔过广场。我原谅了自己
想独自飞往天堂的荒谬想法

镜子里的人已步入中年
但仍需要赞美
旧时的月光落在发梢上，柔软
不能再承受任何重量
下雪的时候芦花也是这样
低着头，整个芦苇荡都堆积着肃穆的宁静
鱼在冰层下面游，世界都是透明的

今夜，我给自己剪头发
外面下着雪，孩子在床上发出轻微的鼾声
一切看起来都很完美

西 川

醒在南京

天醒的一刻我闭着眼听见雨声呃呃呃是听了半生的雨声
　　并不浪漫
雨声逼近夹杂着孤单的汽车声
汽车走远时雨声亦挪远但不一定是雨声挪远它只是变小
就像一个人的存在不一定消失只是重量变轻

想象雨点儿扑地雨伞和雨衣的风景湿润
静静的脚手架大吊车没有工人爬上爬下爬来爬去的一二
　　三四五六个工地
店铺小老板寄望在这样的天气卖出雨伞和雨衣

奇怪
乡村的小雨淋在城市的大脑壳上
小雨中的杏花张望着窗畔喝茶的小文人这是我印象里的
　　江南

这是地主秀才和农民的江南配合着书中自有黄金屋加颜
　　如玉的古训
而今小老板和打工者的江南也是江南吗资本家的江南
肯定不是江南因为颜如玉不再投奔书本

怎么没有鸟鸣呢这是清晨的错还是鸟雀的错
不知道我在用盲人的耳朵搜寻吗

222

北京的鸟鸣开始于清晨四点而此地的鸟鸣几点开始是
　　一个莎士比亚的问题

或者鸟雀已相约不再啼鸣
孟浩然死去约一千三百年了他为鸟鸣写下的诗句代替
　　他活了约一千三百年
对美国人来说这时间够长了对埃及人来说这不算什么

孟浩然习惯于山清水秀的生活可以想见他长得也山清
　　水秀
但无法想象他以何为生诗人又不代表生产力

他偶尔向江水吐露胸中怨气不奇怪
他是否因此卓尔不群于草莽是否凭怨气结交到王维和
　　李白
可王维李白从不互致问候当他们同在长安的时候他们
　　互相瞧不起

大汇流日夜啊大江流动在我的床边这样说太夸张了

我改口

大汇流动在我南京或金陵或六朝古都的客栈门前
这是客栈或这是旅馆或这是宾馆或这是酒店
对电话里的朋友说这是酒店对自己说这是客栈

有啥不同吗古人只住客栈并在墙上题字
流风入民国方鸿渐将女人按倒在床时发现枕侧墙上题
　　写的云雨
原来是昨日

223

女人女人秦淮河夜晚虽然依旧挂红灯但妖精的没有
　　那里现在只卖小吃
干净的床铺四个白色的枕头我只用了两个
舒服的肉体舒服的勃起我在着昨天我不在前天我也
　　不在

镜子里一个对称的房间有另一个我与我对称着你是
　　我吗
电视机黑屏左下角小红灯亮着表明它有电像少先队
　　一样时刻准备着
你用我吧
遥控板一按就是媒体的世界

我微睁开一只眼旋又闭上

今天谁死啊谁晒裸照今天哪个地方的工厂会爆炸
今天哪个地方的城管要打人哪个地方的桥梁会垮塌
　　哪个领导会被双规

七点二十分听见鸟鸣了鸟鸣来得忒晚我是身处深涧
　　之中吗

分裂的现实感我内心的鸟鸣早已开始
我从未向人提起我内心的众鸟来自不远处的敬亭山
李白曾见敬亭山众鸟高飞尽但不知这众鸟是来到了
　　我的心间喳喳叫个不停

它们分成十六个派别选择在我心里吵嘴
它们吵嘴时顾不上为旭日而歌唱

而窗外的鸟嗓尽量满足孟浩然的倾听

仿佛窗外的世界不是真正的世界只有出事的世界才是
真正的世界

不出事的世界不让人相信它的真实性仿佛它是虚拟鲍
德里亚也有说不准的时候

于是有人跳楼被路人伸手接住

伸手救人者被砸成高位截瘫被感动的市民响应报纸号
召捐款捐物

而获救者拒绝捐出跳楼前夜的内心纠结

而获救者被惊吓的爹妈以为世界会就此平静

走廊里飘过人声地毯中的细菌将脚步声吃尽

七点二十五分

梦的残渣

小夏说泳池池水太冷所以她上岸穿了件衬衣复入水中

管理员又把她叫上岸来说不许穿衬衣下水如果觉得太
冷可以穿三件泳衣

七点二十七分

梦的残渣

小冯听见有人敲门便问谁呀门外人粗声回答是我这究
竟是坏人还是好人

小冯再问什么事呀门外的粗声回答是不一定

梦中事算不算往事呢

梦中事若不算往事为何往事总向梦中事看齐

听见厕所冲下水的声音我活着别人也活着

污水处理厂就近建在长江边上也许管百分之三十的用

225

但把尿直接撒到长江里的事我不干就像孟子吃肉而远
　　庖厨
是有点儿虚伪是文明的必要的虚伪
如能躺在床上眺望长江我会虚伪而快乐地大声感谢合
法的生活和非法的生活

客栈门外长江夜晚定有中华鲟游过但这是什么鱼呢
这么隆重的名字这么俗气的名字是谁给起的名字这是
　　濒危物种吗
大熊猫何不叫中华熊

长江上的运沙船吃水很深油漆斑驳没有一艘是新的
迎着水面敞开奶子的女人前面抱后面抱都是女人的女
　　人没有一位是难看的

杜十娘怒沉百宝箱
两岸俗丽的花朵没有一朵为此而绽放那些快活的灯火
　　没有一盏为此而熄灭

滔滔江水东去也

去年我曾到此一游曾从建错了风格的阅江楼眺望大江
我假设我是龚贤一望大江开
我本假设我是高启登上雨花台眺望大江来从万山中但
　　没能得逞

江水改了道从雨花台望不到明代的大江了

从我的床铺也望不到大江这意味着我不是康熙我也望

226

不见天下
既望不见广州的人山人海也望不见重庆的人山人海
只好自认匹夫一个却又无干兴亡

读报逛网络新闻关心天下大事顶个屁用啊读小说而已
我的小学老师中学老师害我不浅呐他们把我训练成一
　　个旁观者
一棵旁观的桃树或李树连开花也不必了

城里的梧桐树被放倒了地产商在市政府里有朋友
我若当选下届市长我将把那些民国时代的梧桐树植回
　　原处但无此可能

所以我不和他们交朋友
我不喝酒我爸也不喝酒我爷爷也不喝酒

所以我能在七点三十分顺利地睁开双眼我幽暗的大脑
　　就透进了光亮
我望着天花板它虽有欧洲的豪华风格却是石膏做的
那石膏峻岭似的财富巍峨到吓人可算个屁呀
昨天掉在我头上的三张小馅饼算个屁呀小小的声誉算
　　个屁呀
工程师们的成就感来得太容易了工艺美术大师们的成
　　就感来得更容易

假装不俗其实很俗的趣味算个屁呀中等才华算个屁呀
　　但已经不容易了
但算个屁呀

权与势在韩非子看来顶顶重要可在庄子看来算个屁呀

清醒的大脑嗡嗡叫了灵魂也醒了

历史分可被理解的部分和不可被理解的部分哪部分更
　　强大
精细的品味在一个粗糙的时代该怎样传播
传播精细的品味等于传播亡国的种子这可以北宋为例
　　土豪们不吃这一套

哦不能明说的不满和不肯说出的抱怨

该下床洗个澡了睡乱的头发让人以为我夜夜噩梦其实
　　不是
肚子上的肉该收一收了睡醒的口腔该被刷一下了
韩愈写落齿诗应在五十岁以前

七点三十五分谁给我上发条好让我关心一下我自己
昨晚不会关的灯只好让它亮到现在我确实关闭了所有
　　的开关

昨晚的宴会余音还在
两个喝高到又搂又抱的男人两条被酒精加宽了的舌头
一个说我刚去过法兰克福看我的皮包另一个说我刚去
　　过巴黎看我的皮鞋

他们说的是自助游哇跑一趟欧洲九天十国
孔夫子周游列国要能有这样的速度两千五百年前的天
　　下就能免于礼崩乐坏
而跑步穿过欧洲说明欧洲没什么好看的
或者说明他们真真来自后发达国家只能玩得这么辛苦

还不如好好待在江南天天眺望大江
从不同的角度
康熙到来的时候一定兴师动众

端午将近
端午在任何国家都没有意义只在江南有意义而江南
　　就是我床下这块土地
这也是吴地但也是楚地吗
我在楚国有朋友我在吴国没有朋友我在江南倒也有
　　朋友而此刻我一个人

路漫漫其修远兮路边的客栈一家一家何其多也一直
　　排到天尽头
我撩开被子下地双脚认进一次性纸拖鞋

深呼吸

站稳

潘家园旧货市场玄思录

美丽的假古董是美丽的吗？美丽的假人倒可以是美
　　丽的但那是假人。
假人荒着灵魂。即使假人人山人海也聚不来山海一
　　般的灵魂！
那么美丽是可以自灵魂抽身的吗？

那么垃圾般的真古董果真是垃圾吗？

认出那垃圾价值的人一口咬定那就是垃圾嗯那就是垃圾：
他貌似不在乎才有可能付出一个垃圾价。

以垃圾价买一把战国削刀能气死战国刮削竹木简的青铜人。
以今日存在感回望战国青铜人，他们全都老实巴交陌
　　生于全球化的大世面。
他们怎么就成了伟人呢？不解。

战国终了在公元前221年。
青铜物件晚于晋灭吴的280年就已没啥意思。

两千多年前的真古董比二百年前的真古董更是真古董吗？
二十年前假造的古董到今日还是造假吗？
"日方中方睨"，惠子说。
你在嘈杂的市场提问一串玄学问题不觉得可耻吗？

你敢说惠子也是可耻的人吗？
他沉浸于玄学提问不仅在嘈杂的市场上，
也在他为相十五年的魏国宫廷中，也在他二十场败仗之
　　后的旷野中。

那么三千年前的真古董是否由于太真而显得不真呢？
那么四千年前的禹王也不真吗？
顾颉刚疑古是对的吗？
即使尧舜禹三代圣王是真的也不能证明地摊上码放的垃
　　圾货来自彼时。

潘家园上空的每朵云彩都该与彼时的云彩略有相似。

啊造假者得有多高的学问方能造假？

盗墓贼得有多大的胆子才敢与古人鼻子碰鼻子在地下
　　借着火把或手电光？

但你以为我不辨东西的真假吗？
你以为我的智力有问题吗？即使我的智力有问题我的
　　道德感也没有问题。
骗子与道德模范脸盘相似，他们合称"人类"。
而区分骗子与道德模范恐非易事。

骗子无意做此区分，道德模范无暇做此区分；
像热锅上的蚂蚁非做区分不可的乃是既非骗子亦非道
　　德模范的人：

亦即介乎骗子与道德模范之间的人，
亦郎推动世界运转的半神、关心下一代健康成长的半人，
亦即80年代初即已闲逛土堆上的潘家园鬼市且一直闹
　　嚷至今天的半鬼。

而他们是真人还是假人呢？

假人也有要求影子跟随的权利亦即申请身份证的权利。
而多少身份证持有者其实是假人。

更困难的问题附体于嘈杂的市场：
那亦真亦假或半真半假之人是否可以要求亦假亦真或
　　半假半真之人的权利？
这不是饶舌或玄思，
因为半真半假的物件无情毁坏了济慈或席勒的"真、
　　善、美"。

那理解亦真亦假的曹雪芹啊玄思的曹雪芹，

也不懂半真半假的物质、道德和政治的世界。

他从未触碰过半真半假的物件吗？至少他从未到过潘
　　家园。

半真半假的人追求半真半假的幸福，

谈半真半假的恋爱，对着半真半假的古董发呆；对正
　　义的要求也是半真半假。

他们在半真半假的世界上玩出亦真亦假的感觉可谓境界！

星期六或星期天，他们来到潘家园，遛弯，淘宝，梦
　　想捡漏；

遇到假人、真人，遇到鬼魂、神明，

遇到半真半假的自己，吓一跳，又假装没看见。

　　　潘家园旧货市场位于北京东三环南路潘家园桥西
南，占地4.85万平方米。主营古旧物品、珠宝玉石、
工艺品、收藏品、装饰品，年成交额达数十亿元。市
场拥有4000余家经营商户，经商人员近万人，其中60%
的经营者来自北京以外的28个省、市、自治区，涉及
汉、回、满、苗、侗、维、藏、蒙、朝鲜等十几个民
族。

　　　　　　　　　　　　　　　　——百度百科

潘家园，一千二百个时代堆起来的垃圾山。

一千二百万个梦想家将这垃圾山摊开在三代圣王的天
　　空下。

来了官员又像老板，来了教授又像鲜有进步的老学生，

来了游手好闲之徒与执法犯法的警察称兄道弟，

来了网上开店的人，以及不开店的貔貅它们真假货通吃
　　而不拉屎。
只买假古董的人你不知他们是真笨蛋还是另有用意……

潘家园令三代圣王的天空晕眩。

唉鱼龙混杂之地何者为鱼何者为龙？
鱼乐得变龙，龙乐得变鱼吗？
倒推的理性说：凡不考虑变鱼的那一定是龙了。是龙便
　　张牙舞爪或睡眼惺忪。

睡眼惺忪的人也来了。
他见识过一个真真假假的世界，疲倦了，退出了树大招
　　风、树倒猢狲散的江湖。

当他重新露面潘家园，身上快乐的小虫子即时复活。
他觅到老相识，到公共厕所撒一泡旧尿，
遇到坑骗过的人，坦然，
遇到收地摊费的管理员说：嘿嘿，我已洗手不干。

交易之地。这商鞅反对的交易之地，也是毛主席反对的
　　交易之地。
以往昔，以毛主席做交易这是潘家园。
以假往昔做交易，这是毛主席身后混合经济时代的潘家园。

假古董也是劳动成果，成本免不了，但以假古董售人那
　　是不道德的。
而真古董多为盗墓所得，但那也是不道德的。
整个潘家园就是一个不道德的地方。它为何迷人？

近朱者赤，在市场保安乡巴佬懒洋洋地变成文物
　　专家之后
那斯文的老专家就只好斯文扫地被蒙骗。
对不起，潘家园也是一个骗人的地方。

潘家园也是虚张声势的法律睁只眼闭只眼的地方。
对不道德的假古董法律点头放行。
假古董虽令购买者郁闷，但那毕竟不取人命也没让
　　国家吃亏。

这也是长知识的地方，长对的知识和不对的知识。

这也是有钱人偶尔光顾的地方。
所有摊贩心照不宣地等待那不露声色的有钱人。
最好是傻傻的有钱人。戈多也是个傻瓜。

这也是被管理的地方。广播喇叭里管理员例行公事
　　奉劝顾客别上当。
但哪有进潘家园不上当的？
听摊贩们习惯性的赌咒发誓此起彼伏在潘家园你感
　　觉你活在珍贵的人间。

这也是城市与乡村、乡村与外国、现在与古代、现
　　在与现在结合的地方。
所以它不是现在，不是古代，不是外国，不是乡
　　村，也不是城市。

活在珍贵的人间你就得相信：正派人永远是多数！

小贩们来了，盗墓销赃者、骗子和小偷也来了；三

轮车卸下无用的东西：

99.9%的假古董与0.1%的真垃圾比赛谁更能卖出好
　　价钱。
只有潘家园的价钱是心灵的价钱或心情的价钱。

从红河石斧到"文革"袖标，六千年比邻而居。
六千年能够比邻而居乃是由于对六千年的想象能够比
　　邻而居，
社会主义市场经济的大工地吞吐六千年简直小菜一碟。

五湖四海的人为了售假销赃来到潘家园。
五湖四海造假的乡亲们、盗墓的乡亲们笑嘻嘻地致富，
然后在无墓可盗之后过有道德的生活同时售假。

遮阳伞下摊贩们聊到别人挣的钱时笑嘻嘻，好像那是
　　自己的钱，
说到别人娶的媳妇时笑嘻嘻，好像那是自己娶的媳妇。

其实每一个人都梦想着"诗意的栖居"。

"诗意的栖居"需借助感悟人生的陈词滥调，
正是符合道德的陈词滥调。
然而符合道德的陈词滥调有可能是害人的。

你看，售假者只收真钱为了"诗意的栖居"。
假钱有可能数在真货贩子之手，因为玩假钱的也在追
　　求"诗意的栖居"。
他们从未听说过海德格尔就像海德格尔从未听说过潘
　　家园。

玩假钱的若真想买到假古董那他一定是个真圣人。

来自三门峡的老苏几乎是个圣人：垃圾价卖垃圾货赢
　　得好名声。
他挣钱有限必然愤愤不平更无暇幽默；
他已是一百次宣布他要卖假了，并非因卖假更道德些。

别人卖假过滋润的日子促使他一步步挪到道德的边缘。

"这啥世道啊！假的就是美的就是好的就一定是招人爱
　　的你妈个屁！"

他已是一百零一次宣布他要卖假了。
站在道德的边缘他没看见银盆大脸的神明就站在身边。

他时常消失，不知他消失时是否越过了道德的边界。
消失时他也许是个假人，
神明再把他捉住变回真人扭送回潘家园。

不停地说话，老苏累了，停三秒，待天地、岁月涌现，
　　他继续说：
"这唐代铜簪子一百块钱你要不要？
我媳妇民办教师挣两百块钱一个月你小子还嫌贵？"

老苏眼红而聒噪好像沉默会使他飞离这世界。
在他看来世界即人群，而不在人群之中那是可怕的。
不得已一个人走路，一个人喝酒，一个人唱歌那是可
　　怕的。

要不停地说话。

鸟儿们也在不停地说话所以并不高飞；有谁听到过鸟儿在
　　高天喋喋不休？

风也在说话，不过有时停下。

无法熄灭的往古。

"油炸鬼"作假。或将老玉件煮于沸水三十分钟使之还阳。

仿佛阴间是可以自由往来的地方。

唐代不远，汉代也不远，战国人全都站了起来。

看见了孟子和荀子，看见了刘安、刘向、刘歆和刘义庆。

"刘向传经心事违。"

刘歆助王莽篡改《左传》影响至今。

潘家园人见多识广，包括对鬼魂的见识，但说鬼者寥寥，

害怕一旦说出便说出了自己。

鬼魂不做假，但也可以自称是假的吗？

鬼魂是假的那人民币是假的吗？

卖珠子的女人说我真遇到过鬼啊。那鬼，高个子，来到我
　　家门口，头比门框还高呐，进不来或者不愿进。是他想
　　吓唬我或者给我提个醒。我去庙里烧了七七四十九天
　　香。把他的东西还给天地。他不再来了。

干宝《搜神记》卷二十载阮瞻素执无鬼论，有客造访聊
　　谈名理，甚有辩才。及鬼神之事，客屈于阮瞻，乃作色
　　曰："即仆便是鬼！"须臾消灭。阮瞻默然，意色大恶。
　　岁余病死。

237

但潘家园也是蔑视死亡的地方，
也是无神论者没啥高深题目却高谈阔论的地方，
也是有神论者祈求神明原谅的地方。

佛、菩萨、基督、天使、土地爷、财神爷、关公、
　文曲星漫步在潘家园。
他们的木像石像铜像或坐或立在遮阳伞下不吭一声。

他们听到陕西小贩说"我不挣小钱"所以要价三百
　五十万售卖盗墓所得的西周盉。

他们听见天津小贩赌咒发誓："这当然是老玛瑙不是
　玻璃哒；要玻璃哒我吃啦！"

倒腾假货的人把自己倒腾成假人，
倒腾死人物件的人倒腾到自己的死。

死前他要求用真药这是人之常情，死前他面对万事
　空这是普通智力可以达到的。

他最后眺望一眼星空在他进入那星空之前，
好像，据说，置身于星空的人只能回望地球，看不
　到其他星星。

他的恐惧是千真万确的。眺望星空他的崇高感也是
　千真万确的。
崇高感总是来得太晚直到勾销真假的未来忽然露面。

在古代，死者惧怕盗墓贼：尤其奉天承运的帝王惧
　怕盗墓贼。

而今盗墓贼惧怕公安局，公安局惧怕国家主席。
国家主席在别的国家就是总统，
在古代就是皇帝。

当主席和当总统和当皇帝是一样的感觉吗？
你去问袁世凯或者拿破仑。

过去未来你去问算命先生，福祸寿夭你去问和尚、道士，
升官发财你去问气功大师，爱情涨落你去问知心姐姐，

对挣钱的执着不妨碍对佛的执着，而佛，无所执着。
你就别问了！你且住嘴。

潘家园的风吹着潘家园的古今众身影。
《史记·伯夷列传》即使被茶叶水熏黄那也是天地间的大
　文章。

潘家园的司马迁不怕茶叶水。

但司马迁的寂寞就是五伯、七雄的寂寞：
就是古战场和帝王陵墓的寂寞、当今乌烟瘴气的市场的
　寂寞。

曾经，寂寞的清东陵来了孙殿英的土匪兵。
炸药包炸开地宫后土匪兵抠出了慈禧太后嘴里的夜明珠。
然后群山依旧寂寞、旷野依旧寂寞。百虫争鸣，军阀混
　战在中国的大地上。

而在一千八百年前。曹操的大军不允许马踩庄稼；
他招能纳士不问德行，对古墓也绝不放过。

他向死人要军饷拿下半个中国，但也只拿下半个中国。嘿嘿。

得罪了太多的死人他死前下令薄葬。
一千八百年后其墓葬被发掘时墓室里值钱的只有玛瑙珠一颗。
墓在河南安阳西高穴。真墓？假墓？还是他人之墓？

河南省政府给它挂牌保护以便开发旅游。
收音机里的《三国演义》评书至今没有停播过，即使说评书的业已作古。

真与假，寂寞的物件。
半真半假的物件同样享受寂寞的风雨、日光和星光。

而偶见人骨和兽骨的旷野，还有大音希声的群山乃是寂寞本身。

西 娃

这多么像一个下跪的姿势

你拄着拐杖出现
看到我的那一刻
你又哭了
妈妈
你明明知道
这是许多年来
我害怕回家的原因
而你见到我
只会哭，只有哭
小时侯父亲有外遇
你对着我哭
弟弟坐监狱
你对着我哭
侄儿逃学
你对着我哭
没有任何事情发生
你也对着我哭
你什么话也不说

我也什么话都不说
只给你递纸巾
再给你递纸巾
还给你递纸巾

这一次
你见着我
两只手一起抹眼泪
拐杖倒在一边
我及时趴在地上
充当了它
这多么像一个下跪的姿势

并没被睡眠与梦拐跑的人

对语言看破的能力
迫使我怀疑嘴上任何言语
迫使我通过别的途径
去寻找爱的证据

多年来，我对单人床的迷恋
使我拒绝了别的床
而现在，我躺在一张大床上
旁边是鼾声四起的你

想离开，想重新回到
我的单人床上
我无声息地跨过你的身体
这被梦与睡眠主宰的你
在这里，在别处
这也是我们此刻的距离
在我掉下床的那一刻
你一把抱住我
连说宝贝没事没事

你的反应让我吃惊
你的反应也让自己吃惊
仿佛你在睡着时也看着我

然而，你迅疾睡去，鼾声如雷
仿佛这一切本身就发生在你的梦里

女 儿

她走过来
躺在我身边
"妈咪，你失恋了啊?"

她的声音愉快起来:

"你以后属于我
一个人了
你会发现
我比男人都靠得住。"

她又转变声音:

"哦，妈咪
你要对我好点哦
不然
我也会离开你
你会很可怜
更孤单。"

她的声音低下去：
"就像我……"

我……

我天生愚笨，爱上
阿赫玛托娃，帕穆克，布考斯基，释迦牟尼……
有时也玩一些修炼术
希望自己能脱胎换骨
却没祈望自己成为
我之外的另一个人

我长得矮小，鼻翼上留着疤痕
常常在世界各地的电影里
贪婪地看着屏幕上的俊男美女
却从未祈望自己变成
我之外的另一个人

我比"我"更清楚
这个上半身臃肿、下半身轻飘的人
失重地活在人群里
招来一些爱慕、怨恨的男女与魂灵
与之纠缠，清算，翻不了身

那些从不曾哭泣的男女和魂灵
在今生，在这样一具丑陋的身体里
把自己和我，同时哭醒

梦游中的挖坟者

他痛苦得如同死去——

父亲被埋葬第五天
被人从坟墓里挖出来
暴尸荒野

他找亲戚帮忙，并发誓要杀了
这个十恶不赦的坏蛋

而父亲已经被第三次
从坟墓里挖出来
他白天埋葬父亲
有人夜晚挖出父亲

当他们抓住
这个十恶不赦的坏蛋

他被人从梦游中喊醒
惊讶地看见自己
孤零零地站在旷野中
——父亲被挖开的坟墓前
他一手拿着沾满黄土的铁铲
身上披着
父亲最喜欢穿的中山装
嘴里叼着
父亲死后才离手的旱烟斗

——活脱脱父亲，生前的模样

在一条买不起裙子的路上

每当我的女儿
用软软的声音问我：
西娃娃，我们什么时候住大房子
西娃娃，我能不能开上保时捷
西娃娃，我什么时候能当富二代
…………
我就拼命喝水
有时呛出鼻涕，有时呛出眼泪
有时，呛得什么都出不来

我不忍心告诉她
在我还是文学少女的时候
就看到作家赵枚写的一篇文章
大意是：她领了一笔稿费
去商场买一条渴望已久的裙子
她站在橱窗前，把手中的钱
拧出水来
也没能买得起那条裙子

如今的我，正走在这条
买不起裙子的道路上

叮嘱——给女儿

你已到了恋爱的年龄
作为你的母亲
你嘴里的女神
唯一要叮嘱的——

你可以与色盲，傻子，精神病患者
或一切别的什么人
去谈情去说爱

但，不要去碰触
已经在婚姻中的任何男人
他们给你的所有感受
都是为了最终
用痛苦将你洗白
同时，他们还会给你
一开始就备份好的
"对不起！"

是的，你的母亲
与婚姻中的某个人
恋爱过
留下的伤口，在许多年间
除了"呵呵呵呵"地傻笑不停
今天还都发出如此之声

墙的另一面

我的单人床
一直靠着朝东的隔墙
墙的另一面
除了我不熟悉的邻居
还能有别的什么？

每个夜晚
我都习惯紧贴墙壁
酣然睡去

直到我的波斯猫
跑到邻居家
我才看到
我每夜紧贴而睡的隔墙上
挂着一张巨大的耶稣受难图

"啊……"
我居然整夜，整夜地
熟睡在耶稣的脊背上
——我这个虔诚的佛教徒

另一个秘密

在暗处，在任何人的目光都无法
看到的地方：她绝望地看着他

——这个坐在原木堆中的雕刻师
他正一点点地雕刻她。鼻子，眼睛，唇……
她从暗物质中分离出来，被迫拥有身形

她多么恨他。宛如一首诗，她游荡
以任何形体。却被一个诗人逮住
被造物与造物之间的敌对关系
悄然形成——这是另一个

秘密："不要以为，你给了我形体，就给了我
生命。"孩子这样告诫他的母亲

跟失落一样无所依恃

我的身旁不仅有影子
还有上帝
他们总是在我身体的另一边

我的前面不仅有明天
还有死亡
明天和死亡都不是我的终点

我的左边不仅有你
还有心跳
有你时，我的心跳会加快一点
没你时，也不曾停止

由此我活得如愿望一样独立
跟失落一样无所依恃

灵 魂

为了让我的肉体
能在这块土地上站直
我把大多数时光用于生计

灵魂像影子
斜斜地躺在地面上
与脚一样高低
我的身子拖着它
它擦着地面，流出的血
没有颜色

很多时候，灵魂
像没有光照的影子
我并不知道它在哪里
只有夜晚，我们躺在一起
如一张床上的老夫妻
在两床被子里

肖 寒

这些年

1

有时会信命，信佛，有时
什么也不信。话说得太多时
身体就会发抖

2

天一凉，腿就疼
掉了一颗牙，还殃及不到性命
身体里的一切
都卑微于人世

天气好的时候，穿喜欢穿的衣服
天气不好时，身体就会呈现出更多的病
荒芜、虚空、倾斜、摇晃

恨自己的时候
要比恨别人的时候多

3

住出租屋十年后，才买一个四十五平方米的二手房
漏雨、漏电、漏风

女儿快乐地玩屋顶漏下来的雨水
我拼命地
用盆、杯、碗去接

4

被飞驰而来的车，撞过两次
他们一次赔我一百元，用来修撞坏的自行车
一次赔我二百元，用来看撞伤的腿

真的爱过两个男人
真的伤过两次

5

拒绝过别人，也被别人拒绝过
早已学会了孤独

医院是最害怕去的地方
病了也不去，怕查出更多的病
怕伤，怕死
我能做的不多
有的事，我会全力以赴

6

身体里
始终有一列车在逆向急速地奔驰
内心里，始终有一个人
撕裂般地进进出出

厨艺不见长进
丈夫的嘴，却越来越刁

7

等女儿完全可以代替我活着
我就可以把此生
活得再轻一些

登 山

太阳下降一点，我们就登上一层
太阳完全落山时
我们攀登到了山顶
其间，经过
丛林、石头、花朵、荆棘
以及羊群、雨水、伐木工、大风
最后我们经过的是
一座崭新的坟墓

于丛林中迷失时
我们常常借助它
来辨别接下来的道路

我并没有真正爱上生活

我并没有真正爱上生活
它华丽的外表和内部的磨砺
都与我毫无关系。该发生的
早已发生，剩余的生命所带来的荒废和流逝
正磨损着我．使我变得越来越

迷茫和挑剔

雪的覆盖和万物的复苏
需要同等的力度。不论哪一种
都会使我变得沉重、倾斜而又曲折
不论哪一种都是在不断地
抽出我身体里的光

我并没有真正爱上生活
也并没有真正爱上活着

那 年

1

母亲蹲在灶台旁不停地添火
问我，想吃什么
我说，土豆酱，少放油
那时，母亲不知道我的身体里
还住着另一个生命

常恶心，厌油腻
那时
我多年轻
爱着一个会写诗的泥瓦工

2

不知所措的时候
会恨自己

话很少，易动怒
家人越好，我就嚷得越凶
亏心的事，怕被发现

3

我整日看着肚子，怕它长大
穿很厚很松的衣服
缓慢地走路，不做任何家务

偶尔流泪，情绪不定
听歌，写诗
不敢看也不敢听
关于生育、养子的任何话题

迷茫、无助时
会恨爱着的那个人

4

这一天
他一句话不说
把我带进了医院

后来
我也一句话不说
麻木地走下手术台

5

马路上，擦身而过的车里
胖男人喊了一句：活够了？

初春的寒风，锋利
像一把刀子，在我的全身割来割去
内部的疼痛是另一把刀

6

精神上死过一次的人
肉体便能抵抗得住一切

对不喜欢的事物，从不贴近
对喜欢的事物
也会保有一定的戒心

敏感、尖锐、偏激
落下了终生寡言、抑郁、情绪低落的
病根

秋 风

风再大也吹不动石头
而那些轻薄的事物
在风中不停地翻飞、飘摇
一条小溪看上去已经倦怠、困顿
断断续续地流淌
像是与什么在撕扯

我力图挽留下什么
但我的双手
什么也操纵不了
风牵扯着更多事物用力地摇晃

我也慢慢开始
倾向于未知

在这个世界上
连一块细小的石头
都比我根深蒂固

剩余的时光

年少时，我爱所有的事物
真的、假的；美的、丑的；好的、坏的
二十岁之前，我从未离开过乡村
不懂城市里的爱恨
不知道火车与人、与远方
如何交错、分离

三十岁后，时间一直处于混乱
春天抖动一下，我就会坠入生活的谷底
经期，总是提前
身体经常误入歧途

元宵节

小雪中，我们乘大巴
去他的父母家。车上的人并不多
女司机将车开得很快，大巴车
数次被颠簸得从路面弹起
又落下

闭上眼睛，身体不停地摇晃
雪越来越大，我躲避着雪
把目光从车窗外移向窗内
也躲避着颠簸
将身体离开座位

他的母亲将一只鸡杀掉
冬日的风，像一把锐利的刀
他的父亲一直在劈柴
灶膛里的火忽急忽灭

雪最大的时候，我们燃放了烟花
天空有双倍的冰凉

小 西

为什么不是你

低着头从春风里穿过
蹲下来抚摸麦苗的人
我以为是你

对着河里突然死去的鱼流泪
无法合上鱼眼睛的人
我以为是你

在拥挤的人群中
四处大喊着寻找孩子的人
我以为是你

我一定是疯了
有时把路摊上吃馄饨的
骑着老式自行车的
夹着账本匆匆行走的
甚至把医院里推进急救室
又推出来的人
当成是你

十六年了。为什么
每次看到的,都不是你

花椒树

十四岁，某日初潮
我怀着羞涩的心从树下经过
它开着白色的花
二十三岁，恋爱时
我的身体和满树的果子
都散发出奇异的香
几十个春天，都从同一条冰融的河上
辗转而来
我在两片窄小的叶子间
找到了闪电，一个骤然消失的词
风晃动它的手臂，雨滴先于泪水抵达了
我空荡荡的子宫

哦，父亲

想起你弯腰的样子
土豆从泥土里滚出来
梧桐上的雨，渐渐成线
我站在树下，小声啜泣
为什么隔壁的玲子有新鞋子，而我没有
你沉默着，眉头紧锁
抠土豆的手，碰到了尖锐的石头
我靠着树干，看一群逃命的蚂蚁搬家
雨越下越大，你终于起身走过来
用左手，抱起我

然后把右手的伤口，紧紧摁在土豆上

春闺梦

每天，我都要从闹市中
穿过这条街
每天，都能遇见一个白布衣裤的老人
微闭双眼，坐在梧桐树下
灰旧收录机只播放戏曲
昨日是《锁麟囊》
今天是《春闺梦》
时而战鼓惊天，时而香闺幽怨

每到此处我就会入迷，慢下脚步
仿佛有人为我轻描蛾眉，穿上青衣——
我微微低头，挪碎步
出厢房，过长廊，立在亭台
水袖一甩再甩，咿咿呀呀地唱：
去时陌上花如锦，今日楼头柳又青

我一遍遍地唱别人的戏
忘记了自己

想来看海的女人
——致红莲

这么多年，她的双腿在奔跑中
变得迟钝

偶尔重操旧业

握剪刀的手，也开始颤抖

她和我说，想坐最早的火车来看海

想看看那一汪自由的蓝，如何汹涌和消失

她经常沉默，喜欢在纸上画一朵玫瑰

或一只鸟

但她更喜欢画一把枪

有时用来洞穿谎言

有时用来击毙疾病

更多时候，债务缠身，却扣不动扳机

如果大雪飘得很慢，下得很厚

她也会戴上围巾，站到马路上

恍惚一会

你听不懂，又有什么关系

我对你诉说，这些年的失意

和亲人离去的悲伤

你抬头看我一眼，把两个玻璃球

放在茶几上

我承认自己多喝了一杯酒

但这世上醉着的，何止我一人

楼下弹古筝的，拨的不是琴弦

而是我的肋骨，再用力一点

就会断裂

你用红色的玻璃球，反复去撞击蓝色的

就如我，把火焰一遍遍放进海水里

处处都是风声，灌满了老房子

但红梅还是忍不住开了
羞怯的，不会是你
而是我，面色酡红
玻璃球在地板上滚动，你不停奔跑追逐
倚在沙发上，我喋喋不休
你才三岁多一点，现在听不懂
又有什么关系

你是深蓝的豹子

你是一头深蓝的豹子
凶猛，辽阔
紧紧扼住黄昏的悲伤
扶桑开花。蜀葵结籽
鞋子在沙滩上走散

你是十万头深蓝的豹子
尾巴卷起来的蓝，闪电一样奔跑
风的命运，在你的掌心里跌宕起伏

你是千万头深蓝的豹子
当夕阳西下，我慢慢褪去青花的袍子

隐

雨水落在湖旦，豌豆滚入草丛
蜜蜂飞进蜂群。
再次推门来寻，第七朵蜡梅找不到了

满树小黄雀吐着清香

深夜，关上灯

两个躯体之间，相隔的距离

也是黑色的

你在梦中翻身，抱紧穿黑睡衣的我

而另一个我，正下床弯腰

去摸索一双黑色的鞋子

在浴室

我不可能轻视

这一具在尘世不停奔跑的肉体

必须仔细地擦拭

那些明亮和阴暗的部分

仿佛面对的是一件瓷器，我变得小心翼翼

当水雾遮住镜子

用指尖勾勒出一个人像

我看到自己模糊的笑容

水流击打在背上

开出几朵或更多的梅花

我听到花瓣掉落在地上，碎裂的声音

我不转身，是因为不愿意承认

一个女人最美好的时光，已经大部分凋落

旧 画

那幅旧画里的女人，用长发遮住半个脸

正低头不断拆除，框住自己的木条

她一边扔掉它们，一边寻找新的木条
并顺手把钉子捡起来，逐个摁进
自己的身体。

大雪赋

雪，是一种植物
从你窗前，到我窗前
足足开了八百公里。
八百公里的白啊
让我有打碎那面镜子的冲动
为什么它总按秩序生活
用好看的手，举起粉色的棉花糖
和每一个人相遇，都抿嘴微笑
穿整齐的衣衫。
我想变成一匹坏脾气的马
打滚，尥蹄，说粗话
弄脏这八百公里的白

葵花街的游戏

葵花街没有葵花
树也少见，鸟也少见。
葵花街有店铺，一间连着一间
肉铺、丝绸铺、糕点铺、铁匠铺和当铺
在寿衣铺与花圈铺之间
是棺材铺。

那时曾祖父还小
经常和棺材铺老板家的儿子捉迷藏
有时藏到寿衣宽大的袍子下面
有时躲到花圈后
有时躺到棺材里
运气好的话，棺材是檀香木或者楠木的
曾祖父迷恋那些精致的雕刻和木头的香气
会憋住笑声，多待一会。
但大多是杉木的
常常刚爬进去，就有人哭着来取。

多年后，他们各自娶妻生子。
先是老板的儿子，在买木材的路上
被一场齐腰深的大雪藏起来
再后来，油尽灯枯
曾祖父最后一次把自己藏进了棺材。
可我知道，游戏，并没有结束

由一只梨子想起的

茶几上的梨子，是卖家多给的一只
它近似于三角形
而不是椭圆形或者属于梨子的形状
它孤僻地站立，用三条腿。
像身下的板凳，涂着淡黄的油漆。
原不该流泪，在晴好的中午
但我突然想起，那年家乡的山坡上
大片的梨花，如群蝶舞动
梨树下，哭泣的人群中，我是最年幼的一个。

当有人拖着唱控说：跪——
我偷偷抬头，发现落在祖父棺材上的梨花
是最白的一朵

哦，十月

弯腰的祖母是迷人的
她把六个泥罐按大小摆到墙根
并用雏菊填满它们。

雨水是迷人的
让一面石墙布满了青苔
灰鸽子落在屋檐上。

秋风也是迷人的
每上一个台阶，柿子树就摇晃不止
趴在树下的孩子，正用粉笔涂抹一场大雪。

教 堂

破败的槐花，落了一地。
穿黑衣的修女，只顾低头打扫
问路亦不抬头。
拐过两个弯，走进教堂
肃穆，神秘。
但我喉有顽疾，咳嗽不止
站在窗台的鸽子，不安地看我。
一拨拨的人出出进进，跪下，起来

那么多罪，排着队
很久都轮不到我来忏悔

迟早我们都会被淹没

雨中的梯子，倒在湿滑的屋檐下
父亲坐在那里吸烟。
他说迟早我们都会被淹没
当海水涌来
我们不该站在沙子堆积的高度上
自以为是，沾沾自喜。
这时闪电划过我的发际。巨大的光亮
让我恐惧。父亲把我揽在怀里
他递给我一枚松果，深青色，还未成熟。
但我愿被它紧紧包裹，深陷其中
成为它的一粒种子
坚硬，却散发着芳香。

几声更大的雷响之后，雨停。
父亲竖起梯子，他要爬上屋顶
打扫洋槐的花朵。
风雨摧毁了树的大半生
它虚弱地倚在房屋旁，枝叶覆盖了
半个房顶。父亲每咳嗽一声
它就会落下更多的花朵

母 亲

眼花，耳背。行动越来越迟缓。
时光却不肯在她的手中偷懒
菜园在她的唠叨中变得一片葱郁。
门口种着大簇野菊，翠竹。没有香气
却长得肆意。
她偏爱儿子，觉得那是张家唯一的根。
偶尔患得患失，每年在父亲的忌日
烧纸钱，说些悲伤的话。
很少为她写诗。但我帮她洗澡，剪指甲
讲笑话，牵着她的手逛街
在十字路口，那些迅疾的车辆
让她变得无措。她常常会用另一只手
紧张地抓住我的衣角，仿佛是我柔弱的女儿。

徐 晓

心 事

在雪地里跌倒
比在泥泞的地上跌倒
最大的不同在于
身上干净
即使不把雪拍掉
它迟早也会自己化掉
最多把衣服濡湿
而把雪花拍掉
就会像什么也没发生一样
完好如初
这多像我们的年纪
白莲花一样洁白
心上的伤痛和阴影
只要放在水里洗一洗
便可抛之脑后
不见了踪迹
它来得轻盈
走得
也不会太沉重

末日之前

如果明天末日的风暴提前来临
而我将一无所有，两手空空
在今日倩影摇曳的黄昏，以及
初上的华灯和霓虹里，城市的角落
让头顶的梵音洞穿我的虚妄与肤浅
在静物的黑与白之间，把命里的苦
一点一点全部挤出来
让我给你天长地久，给你一瞬间的永恒
给你所有还存积在心底未消融的雪
给你涌动在凌晨三点跳跃的火苗和阴影
给你空虚时代里一个已经走远了的人
孤寂的背影

一件小事

在一家顾客众多的快餐店吃饭
我发现有两个女孩一边看我
一边窃窃私语
我的心咯噔一声
在确定衣着与装扮并无异常之后
我暗舒一口气
当发觉我也注视她们时
其中一个女孩显得有点紧张
并立即低下头
另一个女孩若无其事地把脸转向别处

这时第一个女孩试探地抬起头

偷偷看我一眼

然后与同伴说了句什么

嘴角隐约露出一丝不易察觉的微笑

另一个女孩仿佛也提起了兴趣

此时两个人的低语热烈了许多

那神情似曾相识

我在校园的路上偶尔会遇见

在以前我或许会走上前去问一句

你们认识我吗

但现在，我匆匆起身

快步离开快餐店

这些年，我已习惯在人群中

隐瞒一个诗人的身份

在陌生的异乡

我羞于被任何人认出

屏住呼吸

一只鸟惊恐地望着七夕的黄昏久久不肯离去

一个男人远道而来寻觅一个少女的初吻

在苦楝树的阴影下，我们席地而坐

晚风是从西吹向东的，人潮自北向南涌去

你用双手聆听我的心跳，一片树叶在你的左肩

安然落下

成长有甘有苦，相见惆怅多于欢喜

你让我把想念当成祈祷，我希望你在无言中休息

你的一切正在消逝，你的影子是我的线索

你说美人面前要屏住呼吸，夕阳底下要放开爱情

迷路之前

迷路之前得先走一段迷途
让流水掩埋根须，冲走足迹
迷路之前需要先迷茫
十字路口间徘徊，何处是归路
迷路之前还得先迷恋一个人
今生一别，天涯海角何时再相逢
迷路之前还要迷醉一会儿
秀色可餐，把美景藏在心里
迷路之前请先眯一眼吧
闭目养神，设想十面埋伏就在眼前
迷蒙　谜团　秘密　密谋
后来，萧何夜追韩信的佳话
也压了箱底

现在你只需睁开眼，望一望四周
没准儿会碰上一只麋鹿
然后，跟着它找到一条
通往别处的小路

秘　密

别给我光环，耀眼的事物都太短暂
别给我赞美，我无法辨别真伪
别给我爱情，我贫瘠的心田开不出你要的花朵

曾经我喜欢从荆棘中寻找满身芒刺的自己
曾经我不懂生与死的界限，以为活着是一种负累
我在白天走失，在夜晚把自己找回来
很多年之后我才看清自己的弱点，说服自己
原谅这千疮百孔的世界并
把它当成一个人的哑剧场

如今在生活的舞台上
我自导自演，一个人哭泣或欢喜
再没有什么喧哗能惊扰我
从东墙到西墙的距离，那株怒放的桃花
藏着我全部的秘密

无 题

该怎样把流入一个人一生中的水　都赶进大海
该怎样把一个人手心里攥紧的风声　都送回天空
这些年　我经过许多河流
它们喂养我　洗濯我　进入我的梦境
不知不觉我也像水一样流淌　流向我的命途　流向你
而在深夜　我无数次与骨头里的风声　不期而遇
它们像火山一样在我身体里藏匿　密谋
就这样　我的内心有时盈满　被滚烫的水灼烧
有时空荡荡　像世上所有人都抛弃了我
这样想着　我就想哭
就怎么也止不住悲伤

对不起

时候到了。你来看我
一朵白云尾随你身后
墙角里那丛墨绿的苔藓，有着
我们的影子。你抱紧了我

我知道，你的火焰正在点燃
我雪白的牙齿，慌乱的眼神，
害羞的乳房和停不下来的心跳
鼓楼突兀的钟声吓跑一对嬉戏的鱼儿
我突然想换一个地方

哦，真是对不起
我必须以逃避的方式，向你证明：
我是你听过的风声中最弱小的一抹
我是你见过的海浪中最沉默的一朵
我是你爱过的女人中最胆怯的一个

这样一个女人

不要玫瑰、香水和眼泪
不要多愁善感和浅吟低唱
不做从《诗经》中走出来的
窈窕淑女，不在乎君子是否好逑
也不做从宋词的碎碎念里飘出的
白衣女子，梨花带雨从来

不是她的性子

要做就做这样一个女人：
柔韧如蒲草，坚强如磐石
不涂脂抹粉，不娇娇滴滴
把优柔寡断踩在脚底，绝不
胆怯和懦弱
高兴了就开怀大笑，烦恼了
就举杯消愁，在月下对影成三人
被误解了，就挥一挥衣袖
不作任何解释

做这样一个女人，敢爱敢恨
爱他，就轰轰烈烈，飞蛾扑火也在所不惜
恨他，就一刀两断，老死不相往来

我要的爱情，不能像水晶般易碎
尽管它纯洁，一尘不染
也不能像花儿，明媚芬芳
却容易枯萎
我要它浓烈、忠贞，具有火的属性
燃烧起来的时候，轰隆作响
如惊雷，会有璀璨的蜕变和重生
我要它像大漠般辽阔悠远
我要它像暴雨般酣畅淋漓

这样一个女人，习惯了在苍茫的世界
挣扎和忍耐，一个人走走停停
这样一个女人，轻易不言爱，容易
拒人于千里之外

这样一个女人，伤口太深
但她却是自己的王，有着
无人能触及的万丈光芒

你是令我绝望的甜

你是我人生试卷上，那道未曾解出答案的难题
而它或许永远无解。你让我看见
光阴之河倒流了一年，三年，二十年。
你从陌上经过，却无意赏花。你让一夏天的风
染上野蔷薇的香而不再消散。你是冰山一角
喷涌而出的滚烫的水，激起大海上
从未有过的涟漪。你是慌乱中认错酒杯
而滑进别人嘴里的玉酿，是近在眼前
却触碰不到的远。你是一首诗结尾处的
悸动和喘息，读你便意味着
在词语的火焰里流浪。你是蚊虫叮咬在胸口
却不忍抓挠的痒。你是一出场就被困于喧嚣中的光，
霓虹灯下的落落寡欢，来不及告别就已离开的情人。
你还是那漫无边际的空，是沉默，是一朵玫瑰
颤巍巍盛开在刀刃上的诱惑。
你是我迷恋多年如一日却不敢承认的渴望——
我们头顶的夜空群星璀璨，而你就是
那深不见底的暗。在广阔的阴影中，
你能轻易找到我的脸——
这死亡般的寂静令我羞怯和狂喜，此时你便是世间
一切可能存在的默契——
再美的白日梦也终将被现实的毒瘤摧毁，而
所有虚构的事实，构成我经久不愈的一场病
有着令人绝望的甜。

277

轩辕轼轲

不是每次旅行都能说走就走

他一进子宫就想转头就走
被一枚卵子拦了下来

他一进人间就想转头就走
被一名护士拦了下来

他一进家庭就想转头就走
被身后的弟弟拦了下来

他一进学校就想转头就走
被面前的班主任拦了下来

他一进工厂就想转头就走
被几个工头拦了下来

他一进爱情就想转头就走
被现在的老婆拦了下来

他一进家长就想转头就走
被逃学的儿子拦了下来

他一进中年就想转头就走
被白发苍苍的父母拦了下来

他一进晚年就想转头就走
被两条类风湿腿拦了下来

路过洒水车

临沂的洒水车
行驶中只播放两支曲子
一支是《兰花草》
一支是《沂蒙山小调》
每次听到《兰花草》
我都觉得徜徉在台北的街道上
只有听到《沂蒙山小调》
我才感到重回老区的马路
有次在十字路口
竟然看到两辆洒水车
从不同方向缓缓驶来
而且播放着不同的曲子
这一刻
两岸的道路提前
在我脚下统一了

昨天丢失的东西今天都能找到

盛兴昨天丢失的钱包找到了
昨天丢失的房卡找到了
钱包还在昨天坐过的椅子上
房卡还在昨天面对的桌面上

279

除了经过夜色的浸泡

它们什么都不少

一打开还能抽出人民币

一插门还能进入房间

昨天脱下的袜子也找到了

昨天背过的包也找到了

昨天见过的人马上又会聚到餐桌

从八点半就开始喝起来

纷纷找回昨天的酒量

但大家找不到盛兴了

他循着原路继续寻找去了

前天刮过的胡子又回到腮边

上周写过的假条又跳进手心

上个月见过的女人又朝他走来

他也找回了上个月的表情

继续朝前走就看到马年的中国了

走到庚申年就看到猴票了

那时盛兴才两岁

还刚刚学会走路

但还是坚持蹒跚朝回走

他要找回被护士丢掉的胎盘

被岁月夺走的母亲

然后穿在身上

再也不会离开

花　旦

当年她演穆桂英

身手矫健

两腿跳起来
足尖一个十字交叉
就能同时踢开小番扔来的
八条花枪

后来她不演了
认识了某县长
调进了某个机关
这次足尖不论怎么画十字
都没撬开他的家庭
县长退休后
她回归到穆柯寨一样
空荡荡的别墅
感到当年踢开的那些花枪
又缓缓扎回心间

牛 羊

尖叫声
不能阻挡住屠刀
这是个屡试不爽的道理

但是
从历史到未来
每当屠刀举起时
手无寸铁的牛羊

只能
从嗓子眼里

举起尖叫

夜半忽起

一定有一些亲人
在岁月中死去
一定有一些友人
在人生中消失
我的左右羽翼
在不停地掉毛
如飘落的雪
在冬夜的院落
我抱紧的鹰的躯体
露出了鸡皮疙瘩

更多的人没死于心碎

只有心碎的人
才可以真正地散心
加入了驴友之后
她发现
忧伤其实也可以黔驴技穷

一位种马般的教练
按直通键一样
一路豪歌地
用黏稠的热情
复原了她的心

现在她心里
不仅有青花的光泽
还有钧瓷一样的裂纹

想起去年那个
对手腕举起瓷片的人
她发现
自己已经来到了自己的户外

插 图

每隔几年
他的人生都要
有一幅插图
像屏风
像分水岭
毕业证
离婚证
下岗证
色彩鲜明
使故事更加跌宕
这次是脑溢血
红红火火的仿佛
接近了尾声

严 彬

献给爱米丽的一朵红玫瑰
——献给福克纳

爱米丽·格里尔生小姐昨天过世了
全镇的人都去送葬：
男人们是出于敬慕之情
——他们的纪念碑倒下了
妇女们呢，搓了搓围裙
因为好奇，她们想看看爱米丽的屋子
只有一名老花匠除外
站在院子里抽旱烟
等着所有人从她的屋子里走出来

"再过两天我们就将团聚
爱米丽，我已经准备好红玫瑰"

老人与狗

今天早上，八点五十五分
一个老人在十三号楼底认真地
给他的狗擦眼泪
狗是灰色的，七八岁
像他年幼的孙子
聪明，却不大漂亮

阳光照在他仃身上
宽容的笔画越来越多

十号线上的人们

在双井
放下小演员
在劲松
将演员们的助理
也放下
在潘家园、十里河
放下小古董商、卖核桃的
在分钟寺，右成寿寺
放下谁呢？
要去路上看看
或许问问幽灵吧
在宋家庄
放下一些穷学生
又收进来一些
看上去像破落户
在石榴庄
将本地人放回去
替他们将楼梯照亮
到了大红门
剩下的人越来越穷
我从大红门下车
钻进一辆三轮车，往北开
北边正下着雪呢

285

地铁继续往西
在角门放下一批
在角门西又放下一批
剩下的往南转车
到大兴去
找房子
现在所有在北京的人
都住到了北京

一个人不能举行的葬礼

妻子在削苹果
他死前问过一些人
怎么办

妻子白了头发
皱了皮肤
他死前没有和朋友抱怨
保持沉默
尽量将鞋子摆对位置

妻子整日忙忙碌碌
有时听见她和搬运工吵架
没有邻居
她的黄褐斑越来越多
全世界都与他们为敌
他死前几天给岳父打了电话
请他有空过来抽根烟
他没有说明为什么

妻子独自走路
妻子带着孩子
他提前几天疏远了孩子
孩子依然开心
他不说话

过了几天
他还没有死
要做的事情越来越少
清理了一堆旧木板

又过了几天
他还没有死
一直活着，一直活着
像被好心人带进一条漫长的死胡同
墙上写满他的过失
这些天来他都在往前走

现代史

想起后来的事
从前的白天都是黑暗
朋友的命运也是悲哀的
茅草疯长，钢盔风干
死掉的人反倒换上了一身
干净衣服

写给头镇的诗

我想写一写头镇，事实上
我更想写写头镇的一些小事物
或许，就从两条狗开始
一条白狗，一条灰狗
出现在我的整个童年，将我驱逐
很难想象是吗——我在镇上没有朋友
我的朋友也是

"这里没有大人物。"我爷爷曾说
这里的医院只能缓解咳嗽，没有癌症
所有人死在自己床上
长平街上盛产小痞子，以至于陈小花
将孩子生到乡下。现在年轻人都在街上消夜
他们维持晚上的秩序，路灯
是为他们盛开的

我的母亲习惯每月三次上街赶集
严小桃也是。我的爷爷曾为我偷看严小桃
用杉木棍打我的后膝
如今我们生活在头镇，这里没有一个大人物
几条狗在傍晚叫着，几只鸡在早上打鸣
我在这里育有一子一女，在门前挖了一口新池塘

爱 情

火车开得太慢了
我们转弯抹角说了一万句话
看着陌生人在身边相识又结婚
我们彼此逐渐失忆
互相染病被送进医院
由各自的爱人看守到死……

日 记

我开始成为一个真正的病人
像个完整的病人，轻轻走路

歌听到一半
就流起泪来。处处是镜子

和妻子说出今天的故事
她也开始放慢半拍

三百六十块钱一件的衣服
不再和我讨价还价

开始学漫无目的的笑
任由行为进一步遗失

看不懂你玩的桌球游戏了

也不要紧吧

在病床上看到银河烟波浩渺
熟悉的人都在眼前

太阳照在世界上

照着大地，太阳
照着杰克和汤姆长长的鼻子
太阳照着穷人，也照着富人
照着好人，也照着恶棍
太阳照着一场葬礼，同时
照着一段爱情，莉莉和张张
爱情像洋葱长出水仙，又从
水仙长成一小盘枯萎的叶子
你看着它哭泣时，太阳
照着你弯曲的身体上一把刀的影子

诗 人

已经写出全部的诗了
却没有一首拥有好听的名字
我给它们悲伤地排序
以我母亲的终年为它们
依次命名，有时候干脆叫《日记》
允许它们在同一口池塘里洗澡
——那里没有风，没有灯塔
天亮时它们逐一上岸

已经是秋天了，没有衣服
南岸的银翘最漂亮
我们坐在河滩上，依次渡河
活下来的将拥有剩余的季节
拥有母亲的终年
像隔壁的孩子们那样结婚
成为一家之主
开满单色的花

给自己的十四行诗

我有三天没写一句诗
今天早上，和自己吵了一架
决定不再说话
——妻子也同意了

傍晚时见到彩虹
后来，所有人都见到了
彩虹出现在每个人的头顶
端端正正的，就像我在看着他们

我删掉了彩虹
一个朋友写来一封信
我撕掉了来信
后来妻子回来了
那时我已经做好晚餐
打开窗户迎接南方和知了

清明，或者任何时候

回家种地，回到涧口去……
和父亲、弟弟在一起
在池塘边洗孩子脚上的泥巴
孤独的时候
走三里多路，去和山上的母亲
说一下午话。

回到那个可以点木柴的地方
洪水滔滔，河风吹到我的家
四处都是熟悉的人
安守同一种道德
遇见全部的亲人，无论活着
或在坟墓里。

经过一个熟人的墓地

春天孩子们来捉迷藏
恋人悄悄经过
树林如孕妇般发胖

秋天四周金黄如稻粱
一场霜将地冻好下午又蓬松
草丛结籽蛇也重新入土

你离开多年

爱过你的人已经结婚
她的孩子躲在你碑后
读你的名字却不认识你

这么多年来
你的视线越来越低
对世界几近失明

也只好留一封信给你
过些日子再见

死 后

……

看见父亲烧毁房子
听到枪声赶来的人们签字然后离去
一排树在十月凋零,回到我的童年
我在童年恐惧过死

……

看见遗书写到一半,落在地上
描述一生的苦闷
每年收到讣告,错过一些姑娘的葬礼
窗前的河流将我们的病情隐藏

……

看见儿子取错骨灰盒
看见我被另一个熟人带走
来到一个更老的熟人灵前
喘着气。

严 力

巧 遇

初春去了公园的河畔
因为先辈们早就发现
语言从柳枝上刚刚垂下来时
最适合朗诵
这天还巧遇了世界诗歌日
尽管它并不比其他的节日更出彩
但它被春光钩着手臂的出场像个王
恍惚中我看见
来不及回避的黑暗
都在原地跪了下来

雾霾咏叹调

面对美色我常常警告自己：
请把脸上的表情放回口袋
请口袋转过身去
而如今
美色都夹在了
雾霾这本厚厚的书里
在其首页的序言里
我读到了：
从污染的角度讲

人间早就没有了白纸
大家都在写过的纸上继续写

诗人何为

2015年11月13日
巴黎出事了
警察和军人在搜捕坏人
有人问
这种时候诗人何为

诗人是自己的警察
每天搜捕体内的坏人
更不会把坏人放出来

如果这种功能的软件
能流行人体世界
再过几千年
出事的不会是巴黎
也不会是地球

秋季一景

他是高中老师
更是个写诗但不在乎发表的人
不到七十岁的他
健康、单身地生活在
老旧的公寓单元里

执教三十多年但没老师的口音
既不像失败者更不像胜利者
他以不渴的姿势倒着茶水
并说这是他喜欢的味道
他翘起一边领口的汗衫
看上去有点叛逆
更有着不打扫落叶的随意

肺

我用诗歌的那副肺
呼吸了四十多年
肺活量越用越大
长跑的可以不停地跑下去
朗诵的
可以把尾音拖长到未来
这对父母给我的那副肺来说
确实轻松了很多

烹调咏叹调

诗篇常被激情一挥而就
冷却之后才发现
糖分的比例
咸淡的拿捏
火候的掌控
色彩的搭配
总有几项被忽略

回锅就成了经常的行为
但回锅不保证就能端出好菜
因为燃烧激情的原料
没有时代的责任更新
所有的回锅
都是一盘语言的糨糊

体内的电梯

浪漫能够抵抗平庸
幽默更能让知识跳起舞来
没有多少人还想用古代的一马平川
奔驰在没有高楼大厦的身体里面
古代史太肤浅
我们挖到了遗迹下的矿石和石油
考古学不算神秘
现代人甚至在自己的心中
也在用高楼来建立将来的遗迹
所以伟大的我们啊
为了到头脑上去眺望思想的风景
甚至要像观光客一样
在自己的体内等待电梯

放东西

从创世纪开始
很多东西就被分开来放了
人被放成不同的族裔

语言被放成很多种发音
部落被放成很多个国家
后来
信仰被放进不同的宗教
饮料被放进很多种瓶子
汽车被放进很多个牌子
窗户则在不同的高度
面对不同的风景
放着放着
很多东西再也放不回去了
有些能被放回去的
已不是我们的了

颜梅玖

重复事件

他们固定住她的手臂
打上麻药
她躺着，流着泪
仿佛还活在这个世界
她默念着"1，2，3，4，5……"

哎，你醒醒，醒醒
窗帘飘动……
她努力回忆着
几年前
同样在灿烂的季节
也曾躺在这里

这是你的消炎药
复查单
你的衣物
背包。等等
还有欠交的麻醉费
这期间发生了什么？
她盯着天花板
走廊发出阵阵嘈杂声
不用问
她再次掏空了自己

不过，现在很棒
不用走投无路了
她的小腹依然浑圆结实
夏日景色宜人
花儿开得没心没肺
青葱的树上，还有小鸟在唱歌

没有什么是破碎的
流水安静
一条几欲水面持平的运沙船
还有着，令人心惊的
漫长的，航程

我后面那个人

我后面那个人，很快
超越了我
仿佛被谁驱使，走着走着
就跑了起来
跑着跑着，似乎又
突然想起了什么
她逐渐
放慢了脚步
越来越慢
甚至完全停了下来
一动不动地，呆立在
桑树的阴影里
我加快了脚步

她低着头

脸色苍白，像一个

细长的疑问

我快速地超过了她

仿佛她是一道黑暗

在她孤零零的静止中

我越走越快

仿佛要远离什么

仿佛那曾是我的一段生活

我没有回头

我只听见风

在陌生的街头

打着转……

散　漫

我已经是第三次读卡佛了

"我不喜欢这个家伙，他太散漫了"

你丝毫也不掩饰对他的不屑

可是，我完全被其迷住了

他也失去了父亲。尤其谈到父亲

我就觉得老卡是个好男人

至于散漫，怎么说呢

前天傍晚，我脸色苍白地走过

人民医院，走过

灵桥路、天封塔，走过城隍庙

走过啊一个又一个公交站、地铁口……

我紧握着衣兜里的各种化验单

雨完全弄湿了我的大衣

我的褐色头发。那时候
我几乎不知道我要去哪儿
但是看起来我无拘无束
我走路的样子，我潦草的样子
也可以叫作散漫

12点半去新华书店的路上

大概有半年多没看见妈妈了
打电话时，除了问候
似乎也没有什么好交谈的
前几天我告诉了她一个关于我的好消息
她兴奋得像个孩子
竟打了两次长途电话给我
唠唠叨叨的
说她高兴得失眠了
我妈妈有一件鲜艳的毛衣
一双好看的皮鞋
这几天她又会穿上了吧
也或许，忙了一下午
餐桌上摆满了家人喜欢的食物
而她，一定会呆坐在床头
把我的诗又重读了一遍
更多的时候
我想，她会轻轻叹息
想起了我去世多年的爸爸

遇 见

我跟跄着
我有点醉了。前面
一只流浪狗
不停地摇着舌糟糟的尾巴

它耳朵弯垂着
有时东嗅两嗅，有时会停下来
把脖子伸向天空
粗尾巴向上卷曲着，像一个疑问

它回头看了我一眼
深褐色的眼睛，热切而警觉
接着又围着我转了两圈
看起来对我是那么信任

隔了一会儿
它又转过身来看着我
冬天的风吹着。在异乡的弄堂里
我们俩就这么走了很久

快乐厨娘

我烧水，磨刀，收拾一条两斤半的鲫鱼
打算做一锅鲜美的鱼汤

傍晚，赌徒旧习已改，正在急急忙忙赶回家
醉鬼诗人扔掉酒瓶，再没掉进猎狍子的陷阱
哎，他用十八个小时对菜场的姑娘抒情

傍晚，货郎挑着疲惫的夕阳，"嘿得隆咚！嘿得隆咚！"
竹扁担晃啊晃
骑马的外乡人，带着银两回到了遥远的故乡

而我，是快乐的厨娘颜梅玖，我在厨房里叮叮当当
葱花，姜，黑胡椒
我叫我自己梅子，颜，长雀斑的梅姑娘

傍晚，我哼唱着欢快的歌，悲伤全无
洪湖水呀浪呀嘛浪打浪啊……
仿佛我从来没有过呜咽和叫喊

哎，吃葡萄生病的不是我
危险的半夜不是我
披头散发，声嘶力竭的不是我

患癫痫的小羊，病好了吧
寂寞的小虫子出来唱歌吧
口渴的赶路人，也进来歇歇，和我说说话吧

傍晚我有一锅鲜鱼汤，我几乎爱上了厨房

气　味

从梦里醒来

我看了一下表，三点零七分
想继续睡，但有一种气味包围了我
一种膨胀的没有形迹的味道
它甚至发出了衣服开裂的声音

我把被子蒙到头上
那种气味又钻了进来
我感到好奇和不安
我无法确认它来自哪里

一定有人趁我熟睡时来过我的房间
我打开台灯
天哪，我放在书桌上的咖啡已经变成红茶
忘记关闭的电脑里，某个代词被命名了
我敢打赌
肯定还有我不知道的事情发生

此刻，气味开始消退
它破碎的声音，仿若音乐突然中断
客厅，阳台，厨柜，落地窗
一切如白天一样
我差一点叫出声来：
"难道这气味是我自己？"

我有些失望
或者，三点零七分，根本没有什么气味
就像刚才从烟盒里摸出的那支烟
不过是我点燃它
它才发出了烟的味道

父 亲

第一次看到那张照片时
我大吃一惊
那时，父亲身着长衫
搭一条灰色的围巾
他微笑着
镜片后的眼睛，深邃，自信
典型的民国美男子
丝毫也看不出，日后他成了一个酒鬼——
没有酒，就会抓狂
每次对别人提起他
我都会自豪地炫耀他年轻时的儒雅
而同时，我眼前总会浮现出
他六十多岁时的一张照片：
蓝色的中山装，一顶前进帽
端坐在一张八十年代的粗糙的木桌前
捧着一本书
竭力保持他的知识分子形象
实际上，他已经患上了严重的
脑血栓和痔疮
时间背叛了他——
两鬓斑白，眼窝凹陷
忍辱负屈直到死掉
也没有做出让他自己满意的事情
只不过，干枯的眼睛更加灵活
时刻警惕母亲偷走他的酒瓶
而我现在，也在虚掷生命

透过玻璃窗

我看到大街上的人在吵闹。此刻

我很想捆每人一巴掌，包括我自己

叶丽隽

激动史

僻静处，也曾暗自反观
常有那刺入内心的羞耻，使我难以自持
即便用双手蒙住整个脸
还是止不住地颤抖

激动，源于我今生的诸多错误

因为错误将继续
所以激动
将永不停止——我不否认，我身怀碎浪
这个粗糙的躯体
一直在等待那令人惊异的事物
我的生命之海
涌动一生
也只为追求一个多变的、不可测度的魂灵

露　书

黑暗中，我能听得更加清楚
那些被漫长的白天掩盖了的响动
一些人的私语
还有露水

打在乳房上的声音。在石漫滩
原木屋内，我已酒过三巡
现在，我可以赤着脚在草尖上飞奔
我不用翅膀
却抵达同在黑暗中的你

哪一阵风刮落了你

哪一阵风刮落了你
哪一个深夜。我还没有准备好
我还不能相信

你独自飞翔在水阁黑黢黢的旷野
飞着飞着，缩小为一捧灰
静静地躺在盒子里

哪一面山坡。麻雀飞来
歇在青石墓碑上
转动着黑色的眸子。哪一年

秋天使我野心重重

使我潮湿。自我解嘲的时候，我说
孤独，是另一扇窗户
但是否就敞开了我的另一面人生呢？
院子里，木槿在落
水塘边，远道而来的人在疾走
惊起了芦苇丛中的鸟群

确实是秋天了。阳光下
我扶住弯曲的枝条，愤怒和爱
都已饱满

在海边

敬礼，摇曳的星辰
敬礼，无边的愤怒

我怀揣一头融化的狮子
蔚蓝的肺腑止不住地一片翻腾

但一定还存在着
比这滚滚波涛更为汹涌的东西

也更为古远。使我们活着
不停地受伤，不停地赞美

倘若我能够说出
那将是怎样的一种寂静

回　来

我回来了。寂静的，轻的
有时候也忍不住是悲伤的

我写下的诗行，自己羞于朗诵
我想和一个人说话，但我错过了他的出生

回来了，重又跻身于丽水街头
独自骑车，走路，低头想事

这些，你不会懂。当我沉湎于某一天
某一时刻，某一缕光线

当我不再惊异于这种
被侮辱和被杀戮的命运，不再绝望——

我回来了，就好像我从未离开。在黄昏的细雨中
穿过大半个城市，给母亲和女儿送去食物

难以细说分明之夜

为了早点儿到家
我抄近路，翻逾附近的山坡
疲倦中，怀里抱着的一捆CT片子
滑了出去。那是车祸后
父亲住院以来的各项检查

我本能地伸出手，惊惶间
却什么也没抓住
一声闷响——我那苍老的父亲
再度消失在夜色里——
裂掉的膝盖，着地的头颅，一根根
折断的肋骨

血涌无声，岁月有锋刃……悲哀

如我——此刻，趴在坡地上
胡乱而无望地摸索：那四处散落的疼痛
和这，虫蚁潜行的一生
隔着茫茫黑夜，我实在，难以细说

栅栏，或神的瞬间

从父亲的病房出来，我在前，女儿在后
我们穿越精神病院漫长的走廊

高高的栅栏后面，是病人们放风的场院
一个男青年面露狂喜，一路追随

他是多么热切啊，一次次地把手伸出栅栏
想握住些什么。女儿友好地和他打着招呼

我加快了脚步。走廊尽头，当我驻足，转身
蓦然间看到了两双，紧紧相握的手——

隔着栅栏，事物不分等级，正欣然汇合：
男孩和女孩、狂热和善意、分裂和纯真

已然毫无界限……有时候神
显示其自身也无法理解的某个瞬间

我没有喝止。在女儿和他，亲人重逢般的喜悦里
我感觉到自己，在这个世界上只活一半

我藏身其中的，是那，被教育多年后的自我

分泌出的一个硬茧壳。一场，粗暴的分割

秋日决心书

秋天。闻起来，一种反抗的味道

走到这个季芶，才发现
不是条条大路通罗马，而是通向肉体

所以，回到我剩下的部分
等待一个和自己相等的身躯

此后余生，我会试着理解：
同性可欢愉，邻国有捆绑，而道在屎溺

试着，一边撒野，一边心如长天

水边长谈

深夜的底色我们辨识不清，湖水
沉郁得如同一端经年的砚台

你我，曾日日研习啊
铺展开的，却是明月下的一缕轻风
一腔空怀

水面凉意泛起，脚踝孤冷，摊开
淡淡的银锭

浩渺天宇中，某个身躯为之一惊

已是秋风节气——
我们所知不多，而拥有更少
人生，竟是这么一个递减的过程

一壶茶水喝尽，三三两两微光
明灭于，对岸稀薄的远景

夜登山

我身上某个坚硬的地方
从不哭泣
那是夜色中山的一部分
是冷风中，迎面跑来的这个男子
两次呼吸之间，沉默的部分

越登高，山越晦暗
当我抬头，噢，一只庞大的黑猩猩

我吃了一只掉落在地上
半干枯的拐枣
因为渴，我掬起一捧
流经山石和污物的溪水

当那股冰凉和浑浊从胸口坠下
我感觉到自己
咽下了黑夜的心

叶 舟

履 历

荒凉是什么　我不知道
我离开莫高窟的那天　有人从壁画上
捡到了一只羔羊　像我小时候一样

苍茫是什么　我也不知道
但我看见秋天这个人　坐在烽燧上
骨瘦如柴　喂养着南下的雁群

地火是什么　我还不知道
当枯草惊醒　北方的马蹄杂沓而来
一个少年弯弓射狼　自称霍去病

疼痛是什么　我更不知道
我守在天的尽头　当太阳从夕光里
归来　这一天已经酿成了好酒

狼烟下

谁用芦苇　将长云点燃　挂在了天上
谁的烽燧里　生命在冒烟　说出了慌张
谁的脚踩在路上　看见了乌鸦真实的羽毛

谁在打卦　前半部分预言　后一部分诅咒
谁破坏了这个春天　撕碎了一封家书里的消息
谁的北方　令匈奴哀戚　唱起了焉支山下的谣曲

绿洲上的鸦群

这些野孩子　蓬头垢面　掠过了
河西的麦田　惊醒了文庙中的孔子
这些天空的囚徒　拉开傍晚的黑幕
越狱　遁逃　去完成一个季节的救赎

这些光斑　来自史前的岩画　前一秒
喑哑　后来聒噪　仿佛《山海经》中的雨滴

这些残损的贝叶经　用羽毛　用了黯淡的
心跳　给莫高窟打上　苍凉的补丁

这些魂灵　乃绿洲一带最微小的秘密
当风沙吹袭　它们慌忙扶住了大地的天平

秋草黄了

说话时　秋草已经黄了

我带着一根木头　从祁连山
下来　寺院颓圮　鸟巢危急
草原深处的一顶帐篷　以及
一个还俗的醉鬼　需要我接引

说话时　秋草全部黄了

其实　我只是一把钉子　带着
广漠的疼痛　来把天空扶起
让羔羊回家　在暴风雪之前
挂起一盏灯　要找见春天这个人

沙漠之书

我翻到了大段的空白　看见
天空的祭台　恒河沙数　一种
寂灭的齑粉　不曾记载　页码全无

我找见了光辉的败北　犹如
民众或羊群　在这一片荒凉的海面
孤筏重洋　谁都没有一张致命的底牌

一册汉简

1

相信　豹子并不是一个人来的　豹子的
身后　一定有篝火　部落　生殖与诵念

2

荒凉仅仅是一种借口　佛陀和太阳
分手时　其中一人　丢下了自己的外套
并将阴影　投射于大地　和草木

3

仅仅一场雨是不够的　因为月亮老了

4

碰见木乃伊的一天　必须踩住楼兰的
影子　让其疼痛　告白　泪下　并由此
说出一个氏族的踪迹　再请一只公鸡唤醒

5

将一粒珍珠送进沙州的时候　为什么
天下的沙漠　开始蠢蠢欲动　放弃了功课

6

呀　有人在蜥蜴的身上　发现了一颗雄心

7

闪电是一种修辞　道出了天堂的机密
但更多的鲤鱼　走出了塔里木河
去寻找一块夏天的冰　验证机缘与奇迹

8

在高迥的山顶　一只海螺不请自来
带着空虚　怅然　失败　引颈四顾

这时刻　需要一只嗓子　让银子发声

9

如果天马累了　务请一卷草原　一群羊
前去接引　因为天空嶙峋　还需要

一只火红色的乌鸦　带上火石和镰刀

10

用你的诗歌　把自己逼上绝路吧

茶叶来了

茶叶来了　就等于京城的诰书
抵达了甘州　让缱绻的雨云
舒卷自如　那在龛上沉思的佛陀
就此醒目　开始了这一世的弘法
和朗诵　茶叶来了　云南下关
或者苏杭　那些漂泊的枝芽
氤氲的水雾　其实并不曾谢幕
当月亮挂在百天　鹰的内心
出现了残损　这些春季的护法
便慈心于物　踏上了崎岖的道路
茶叶来了　草原上的酥油
刚刚滚沸　三年前走失的儿马
忽然长发披肩　现身眼前
让阿妈柔软地一哭　天空
站满了性感的度母　茶叶来了
在此之前　马鸦还有一丝伤感
头羊晕眩　石羊河里的波澜
说明了金鱼和鸥鸟　放弃了
前嫌　但是木铎响了　货郎们
带着机密的笑脸　今天的
皇历　一定有不为人知的细节

319

茶叶来了　在广阔的漠北
与阴山　狐狼在撒传单　豹子
投案自首　一场缓慢的暴风雪
摸上了地平线　那一刻　我和
单于正在烤火　关于长生天
和命运的一些疑难　在听见这个
消息时　一切都不请自便
是的　以茶叶的名义　即便
一堵长城阻拦　也必须挥刀
上马　南下一饮

册页：焉支山

马是家里的一员　但如果他白天懒睡
晚上去看星星　夜不归宿　说明已经青春期

白马不能用鞭　他的身上扛着经书
而杂色的　一般都是吹鼓手　来自阿拉善右旗

苜蓿没有营养　但在雨季到来之前　羼上
麦麸与泪水　刚好可以风吹草低　牛羊毕见

早年间　土匪还能识字　货郎们也拒绝
坑人　大人们种青稞　稚童喜爱毛笔字

真的　皇上差人来买马　迎头碰了壁
那是春天　天良犹在　恰是怀孕的一季

河流也生死未卜　因为冰川像一个人的

念想　有时候笃信　更多时犹疑不定

入了秋天　匈奴比火灾更甚　老鹰炸群
狼狐鼠窜　月亮像一件单薄的征衣

其实没有谣曲　在少年将军走后　也没了
胭脂和回忆　马蹄声碎　不过而已

鹰　说

群山如佛　我骑着一阵风
守住天空这一本经书　以及

书里的谶言　爱　流亡和秋天
因为生命都在路上　偶尔的

雨滴　白云的反射　会让他们
认出我　并且知道了孤独并不是

一件可耻的命运　我在天空
栽花　用银河浇灌世上的张望

大地起伏　我点起太阳这一堆
篝火　我用月亮舀酒　陪着

普天下的爹娘　村庄　井水
和洞房　等待远去的儿子们

策马归来　痛哭一场　我还要

骑住一缕夕光　像一介红衣

僧侣　安抚下旱獭　牛羊　毡帐
好日子毕竟短暂　每一碗饭

其实都恩重如山　在边疆
在这悲痛的北方　和平喘息

铁骑叩门　一些血腥的罂粟
开始长驱直入　于是我派遣了

乌鸦　马灯　霹雳　一路上
拉响警报　追杀着狼烟　是的

这就是一次死生　我踩着天空的
巨石　为大家守住　这最后的退路

玉 珍

我就是我

我就是我，无从解释的抽象
一个陷于寂静的，庞大空白的深渊
所有分析都有手术的疼痛
原谅我一生拒绝麻醉的清醒

我是草，边缘有防范的锯齿
是荆棘丛生的芒刺，但会开脆弱的花朵
我有铁的坚硬和蛇的韧性，具备砒霜的危险和
佛性的良善，我困于复杂，永生得不到诠释

都是逼迫出来的，我生性敏感
这所有的抒写，都有焰的焦灼和水的浩瀚
爱我的人才明白，我眼底宿命的讯息

这一身矛盾注定孤独，还有血
这不安分的罂粟，注满骨节无法逃避的风声
我悲伤的联想宣判我，要孤身一人面对万物的追问

我简单同时丰富，悲观同时乐观
我矛盾但是统一，只有一个我但
偶尔不是我或成为多个我——
而我终究只能是我，无法是别的事物

别哭，生活

让我抱着你，我的膝盖
当生活再次以审判者的身份朝我走来
我知道一场悲伤将继续消耗夜晚，
我的梦，你不曾睡去
哦，夜莺啊，蛙鸣，
做我的摇篮曲，
当星辰中再现童年的图景，悲伤的梦魇来到身边。
一种遥远热切的回忆
正将我送入名叫坚持的银河
别哭，眼睛
爱情的摇篮艰难而伟大
它泪光中的湖泊里
站着永恒的母亲

云浮山

草叶香熏陶了我整个童年
野花茂密，云浮在山顶上

五年，十年，十五年，一直如此
从我被瓦砾活埋的五岁到现在
牛群死光，田野被机械耕种，云朵
依旧浮在群山之上

那是很多年前，我追一只蝴蝶

追到了云浮山，映山红血一样斑驳
香气恍惚如夜曲，我躺在花枝下睡着

白日梦花香那么虚幻
一片云浮在我额头上，群山站着像我的身躯

多么漫长的十年，云一直浮在山顶上
——那些过去就像昨天

给索德格朗

不得不谈到低沉的词语——
在病神笼罩的萎缩花瓣下，人的愁容
象征乌鸦的黑暗。

你可以从一条河流
窥见世界的动脉，而诗歌如此苍白，
辞藻堆不出四月之花。

关于我们的生命、追求与命运
有时如小丑面具下的脸，颜料混杂着泪水
沾染了狂笑的气氛，那些荒诞无人可解

我们走过的路都是世界的路，而途中的悲伤
只属于个人。因此要原谅无数迟到并
——狗尾续貂的人生
在灰暗的叙事中，你看见眼眶中纯洁的白

喊一遍痛心的祖国，你站在不是祖国的地方

写下了无法重来的记忆，
并再次还原成一个人

宁　静

我的一生会宁静吗？

那些微风中温柔的松林
祖先目光般的故事
会文明而优雅地将我
安放在生活平静的篮中吗？

如果宁静像母亲陪我直到死前
如果宁静用它柔软树枝般的手
将我抚慰
我确定将不在死亡面前大哭

当一切如花瓣在风中飘落
如此轻，毫无怨恨

我将热爱这水落石出的一生

永生于我的记忆

我认不出我的童年了
它们消失于无从修补的记忆
那里残存的标志如此陌生
风声中没有过去的风

他们造出了另一栋房子
另一个广场与公园，另一个开发区
他们吃掉了我的田野和包谷
用斗鸡般的推土机
将我开花的山坡剃成了光头

还在继续着摧毁与制造
世界，机器，或另一个世界与机器人
他们想造出爱人，造出
另一个太平盛世，或无笑话的历史
造出家庭外的家庭，婚姻永不重复

这样的制造将替代什么？那些
颠覆般骇人的智慧，那与我如出一辙的人
永远无法制造，失去的自然永远无法修复

在放大的野心中问题不只是问题
无法存在的异世界迟早被强大自毁
所有无法相认的过去逐渐成为空白
有人变成别人，有人变成灰土
一代人连遗址都无法拥有

我恐惧集体的抛弃陷入
永久的孤独，那些失眠的午夜
我用力存储记忆可能的火种
那些油画般清晰的故乡，从睡梦中复活
只有回忆保留着永生，他们从思想中回来
将随我共生共死

墙上的脸

那些穿透时代的眼睛
并不属于我们

更多无法触摸的事物来自永生
虚空是强大的
连时间也弄不死它们

像此刻我回忆起一个人
那是个怎样的人啊

穿透了无数个风雪之夜
我至今无法准确去形容

我的父亲是铁

我的父亲被艰难锻打成一块铁
他的沉默比黑夜还要结实

从山坡到田野，再到巍峨高崖
被嚼碎的痛苦在风中火化
北斗星挂在老屋的高墙上

一切都如此遥远
被他黝黑的脸诠释为遗憾
他站立的姿势像永远缄默的群山

古老的静谧，恒久的赤忱
就是这样活到了现在
多余的艰难拿来喂养我
他从不说一句废话
但银河并不够拿来倾诉什么

有时他坐在河边抽烟
河水宁静如庄严的宗庙
但狂风毫不歇止
一生沉重如庞大的浑浊

父亲与寂静

整个世界打三它空白的寂静
抽象如一锅危险的沸水

如紧张的直弦，舒张的芦花
如暮雪的落下和
铺陈的星光

整个世界寂静如最后一刻
黑夜如荒原沉默躺下
一些鸟匆忙京过
空气倏尔动荡

我的父亲从三野上归来
放下他的犁铧和草帽
从大门旁经过带着蓼子草的香气

莺歌从森林的幽深处传来

世界如此寂静
惊慌有如一悸

臧海英

甩鞭子的人

和空气有仇，和周围的隐身人有仇
他抖了抖长鞭，双目渐渐充血

鞭子会变成一条蛇、一把剑、一个暴徒
他把它们，一一送了出去
把自己送了出去

鞭响过后，没有人倒地
和虚无的事物为敌，他看不见他们
却目睹，他们在他身上留下的刀痕

一次次甩着空鞭，他听到了自己
哀号的回声：越来越轻，越来越空

他渐渐停下来。提着皮鞭，像提着
软下来的自己，像提着软软的生殖器

为母亲守灵

给长明灯添了灯油后，父亲哭了
哭着哭着，哭成了一个孩子
抱住我哭。哭着哭着，哭成了一对兄妹

哭着哭着，哭成了两个孤儿

剧 情

戏中人狂笑，他也狂笑
戏中人跺脚，他也跺脚
戏中人拖着哭腔，他也拖着哭腔
硕大的梧桐叶掉在肩上时
刀也架到了戏中人的颈上
鼓点急促，并不被他所控
对面广场上，围观的人越聚越多
像被大风摇撼的树一样，他摇摇头
伸手拧掉收录机
他观察过了，没有一个
像劫法场的

颤 抖

我的爱已经不多了
这少数的爱，让我颤抖
我的时间已经不多了
这有限的时间，同样让我颤抖
我的颤抖已经不多了
这少了又少的颤抖，像黑色的金子一样稀有
我偏执地走向黑暗的中心
就为这黑色的金子

炭火上的鱼

铁，穿膛而过
铁，也夹住肉身

那条炭火上的鱼，正替我们复述生活
炙烤它的，在它看不见的黑里
翻来，翻去
也正在着重一个词：焦虑

十　年

整个十年，她都在用力承认母亲死去的事实
现在，她终于能像陌生人那样谈起母亲
一脸淡漠中，却带出母亲的口吻和眼神
她不知道，在她心里慢慢消失的十年里，母亲也用力
像窗前那棵爬山虎一样，一点一点，爬上她的身

忏悔录

不该以诗抵命，以爱补血
知道这两样，我终不可得
不该年少读卢梭，把孤独种在骨头里
不该做女人。一定要做，就做拾棉的妇人
不该离开故土。回来时，生死离散
不该时至中年，净身出户，在风里安身立命

不该反对。身无长技，我做不了土匪，无山可上
不该赞美。不该把阁楼当沙场
小城的夜里，只有野鬼可点兵
不该无梦可做，无家可归
不该在人群里找魂，魂在荒野
不该想重新活过——回不去了
狂沙万里，大路向西，还是要沉默、拒绝、爱
每一天，还是要前途未卜
把经过的地方，当作行刑地，或练靶场
随时倒地身亡
随时爬起来

在德州

1

去锦华大厦上班
写字，养命

去旧货市场，拉一件旧家具
旧一点没关系，瘸一条腿也没关系

回宋官屯前，买一捆青菜
只买那个断指女人的

2

阁楼的墙体，很薄
于是，这个冬天，我盖三层棉被
儿子在的时候，不同

室温会上升七度左右

他轻轻地哼唱，我欢快地杀鱼

3

试了几次，没法把那枚铁钉
送进墙里
隔壁夫妇，却把骂声递了过来
很像我和德州的关系

他们丢弃在楼道里的那盆兰，一直活着
蒙了厚厚的灰尘后，还是活着

4

在晶华路中间的黄线上站着
左右是两股相反的力。一辆辆车过去
好像在磨刀

我会锋利。我也会卷刃
躲着那辆大货车

5

牙疼，缓慢地啃一块苹果
想母亲。静静看着炉上
文火熬煮的汤
等着天黑
等着水花翻滚，骨肉分离

电话里，父亲的耳朵越来越聋
气息越来越弱

6

夜里，烟灰引燃了被单
火势，像爱上那个男人，控制不住
端了盆水
惊慌地泼冷水

蹲在地上，捂住脸
一些疼痛，又让我
捂住胸口
捂住肚子

7

捂住私处

清明前夜

出了市中心，路上就没人了
没人的路上，路灯也暗下来。暗下来的树底下
烧纸的人，亮着一张脸，一堆火
她拿棍儿拨弄着火
像从火里救人，又像往火里送人

危险品

母亲死于一根草绳，父亲把草绳烧了
母亲死在西厢房，父亲把西厢房推倒
母亲是蹬着灶台，上去的，父亲把灶台扒了

在这之前，他已经收走了家里的刀：切菜的，割草的，剪
　　衣服的
并把杀虫剂和农药藏起来
这个无能为力的人，他以为
没有了这些危险品，我的母亲，就会不死

控制不住

控制不住自己的手脚，僵直，生硬，反对着她
控制不住自己的大脑，那些四溅的马蹄，幻觉和群魔乱舞
控制不住地向外跑，趁着天黑，像一只猫翻墙而走，像一
　　只发情的野猫，在家之外寻找家
控制不住地回到旧社会，回到青年、童年和婴儿的怀里
控制不住地哭泣，一脚踢翻亲近她的饭汤
控制不住地一遍遍写下自己的名字，反复问"是我吗？"
控制不住地冲进人群，说要"保护儿子"，像个母狼
控制不住地把不敢做的事都做了：偷懒，说谎，骂人
控制不住地愤怒，向父亲讨要大半生的债
控制不住地把钱塞给陌生人，喊他们"亲人"
控制不住地买肉，买衣服，买送葬的纸钱
控制不住地要把手里的东西找回来
控制不住地不吃，不喝，不睡
控制不住地在夜里睁大眼睛，比黑夜还黑
控制不住的身体轻飘飘的
控制不住地飘上灶台
控制不住地打了一个绳套
控制不住地把头钻进去

——控制不住啊！母亲说

父亲躺在我身边

出租屋唯一的床上，他还是裸着背，她也空着脸
她不敢，他也不敢。躺在床的两个边缘，中间躺满
　了灰

黑暗里，他不断缩小。背过身，交出一副骨架
黑暗里，她面目全非。对着他，一会温暖，一会悲
　伤，一会恐惧

在异乡的人

我理解一个异乡人
低下去的头。也理解他
紧紧攥住，又松开的拳头。我甚至理解
他嘴角蠕动的血，蓝衣服下的抖。我不能理解
持棍的人推搡着他。更不能理解
很多人围住他，谈起天气。我最不能理解的
是我，这个怯懦的异乡人
和他对望了一下
只是对望了一下

红

电钻，直直地扎进水泥地
像十九岁的红，扎进水泥一样的城市

像她的手指，扎进机床。机床和手指，一起在喊
最像她，一头扎下楼顶

那晚，她没喊。黑暗中的城市
张开嘴，一口吞下了她

扎西才让

香浪节

鸟儿化为鱼，从山谷里出来，泊在桑多河边。
孩子们穿上华丽的衣服，聚到桑多河边。

茶壶像人一样热烈，刀子露出贪婪的光泽。
先人们闻到了酒香，桑烟那样在大门口盘桓。

我从台阶上下来后，你已在别人的怀里，
喝酒，亲吻，把对方搂得紧紧的。

我们的孩子是两只猫，
在花园里徘徊，闪烁着红色的眼睛。

当他们被猴子和狐狸引向别处，
亲爱的，那时肯定是我们永不相逢的日子。

头戴玛瑙皮帽的扎西吉

头戴玛瑙皮帽的扎西吉，
是桑多河畔的女神。
她有着古铜的皮肤，肉欲的曲线。
和天使的笑容。

当她在高山之巅远眺故乡，
温和的阳光沐照着她高高的鼻梁。
山神也在树荫下深情地凝视着她，
看到她的纯洁，也感受到她的忧伤。

我在地方志里读到她的故事，
简约的文字，模糊的描写，
仍然不能掩藏她逼人的光芒。
这个传说中的猎户的女儿，
却是走兽的姐妹，飞禽的姆娘。

当它们将她围拢在中心，
她就是那使万物安静下来的月亮。
当它们跟随她走入群山深处，
这女神，内心充满不可思议的力量。

野鹿：王者之风

长着美丽犄角的野鹿昂首挺立在山谷深处，
它身后弥漫的薄雾模糊了谷内的景致。

只山峦隐约突兀，粗犷，荒凉而雄伟，
这使得这头被凸显的野鹿就像桑多一带的帝王。

你看它凝视着远方的雪峰，
眼含着黑玛瑙的仁慈，和金珊瑚的忧伤。

你看它高大而强壮的身躯，
定然能战胜来自谷外的野蛮的力量。

冬至那天的酥油灯

水流不再激越，慢腾腾地流淌。
枯枝，伸出干裂肃杀的枝丫，力图缓解风的速度。

蚂蚁深匿在又聋又哑的地下，
显然就是我们人类忧心忡忡的样子。

衰败伴随着时间的消失，已静静到来。
人走屋空的冬至，不像一个节气，倒像一种宿命。

在蓝天、雪野和踏板房拼凑出的寂静世界里，
人们都能感受到的时间，仿佛失去了存在的意义。

阿妈呀，但你还是像十年前阖家团聚时做的那样，
点上了温暖吉祥的酥油灯。

绝不再来

丰硕的女人躺在墨绿色的床上，
她黑黄的肌肤衬出了窗外的落日。
那悲伤的表情让人潸然泪下，
已是冬季了，背叛她的男人，还没回来。

有乌鸦在旷野上锐声啼叫，
有北风将冰上的枯枝吹走，
有过客在她窗外频频窥视，

那个背叛她的男人，还没回来。

既然爱情已经不在，
既然你已经把悲伤当作常态，
那么收留我吧，我不是过客，
为了你，我可以选择：留下来。

然而总有乌鸦在旷野上啼叫：
绝不再来！绝不再来！

改 变

桑多河畔，每出生一个人，
河水就会漫上沙滩，风就会把芦苇吹低。
桑多镇的历史，就被生者改写那么一点点。

桑多河畔，每死去一个人，
河水就会漫上沙滩，风就会把芦苇吹低。
桑多镇的历史，就被死者改写那么一点点。

桑多河畔，每出走一个人，
河水就会长久地叹息，风就会花四个季节，
把千种不安，吹在桑多镇人的心里。
而小镇的历史，
早就被那么多的生者和死者
改变得面目全非。
出走的人，你已不能，
再次改变这里的一草一木，一花一石。

羊 人

彩虹到桑多河边喝足了水就消失了，
人在河边站得久了，也有了苍老的样子。
只牧羊人在河的上游和他的羊群在一起，
像个部落的首领，既落魄又高贵。

我在甘南生活，在首领们的带领下，
安静地吃自己的草。
以前我在别的牧场，比如珊瑚小学，玛瑙二中，
或者那所海螺般神圣又美丽的大学。

而今在这桑多镇，在这个别人的牧场，
白天吃草，夜里反刍。
想起平庸的一生，就渴望有更勇敢的
牧神出来，带领我爬上那积雪的山顶。

在山顶，我能看到彩虹在河边低头喝水的样子，
也能看到苍老的人原先年轻的样子，
这时我会像真正的土著那样，不再被世相困惑，
能细细感受桑多山下壮美的景色了。

野 兽

从酒吧里拥出的男女，像极了凶猛的野兽。
他们服饰怪异，有着精瘦干硬的躯体。

他们带来了躁动不安的空气，
带来了桑多河畔的狂热又危险的情绪。

我其实就是他们中的一个，
崇尚武力，相信刀子。
在莫名的仇恨里慢慢长大，
又在突然到来的爱中把利爪深深藏匿。

直到我也生育了子女，
直到岁月给予了我如何生存的能力。

翟永明

河胶囊之身

我活着　把自我装进微小包装
看多少材料打造出我这颗
难以下咽的胶囊之身
慢慢地我装进破碎的接吻
装进另一个人，装进他的研磨
装进不思量、自难忘
慢慢地我吞下，就着一杯苏打水
慢慢地我掰开一粒果核
掰开两树梨花三生斜阳
我与前世今生都有过交代
此身已装进太多的秋风
不放浪、也只能握紧这一束苦形骸
天地大到无际
也只是胶囊的公寓
慢慢地就着一杯温吞水
慢慢地滚进一片茫然的肉体
万物皆为脏腑，我又岂能
不只是一粒渣滓，此身
混沌多淬炼　即便慢慢积攒出
一个狡黠笑容
终将胶囊式地溶化、消失
既便能令天地七窍生烟
终将化为一片散沙坠地

346

看看吧：无数胶囊排空而来

又蜕皮而去……

女儿墙

最佳的视野是从墙头望出去

这是规定的视野

这是女人的视野

穿过枝叶　就是少女到妇人的一生

姐妹们都穿上绿色的盔甲

站在这个位置　居中

不是西方绘画的四分之三视点

墙内，小院幽轩

姐妹盟誓结社之地

三三两两坐在冰凉的石头上

丝绸飘带软软地垂下

太湖石　天生好物

瘦透漏皱　古老又常新

现在　小院和石头以及诗句

适合遁世者　恨嫁者

梦游者　不育者

石头靠着石头

像姐妹靠着姐妹

倚坐在水边

水底下冒出鱼仙

柳树后闪出妖精

草丛中跃出狐仙

古语叫她们：魑魅魍魉

世间已不见白蛇传

世间也已不见聂小倩

她们作诗　吟诗

爱上书生　相思成疾

为何她们总是以女人之身出现？

躲在太湖石旁

或躲在女儿墙后

她们是精灵所化　血变成绿色

为了伪装

为了姻缘

从墙头望出去

通往长安的路升了起来

在传统的散点聚集中

游子、良人、赶考的书生

都低了下来　低到尘埃中

而清明上河图　升到天上

朝着女儿墙奔驰而来的马

也升了起来，越升越高

人面桃花骑在马上

柳叶双眉也升了起来

直到马头伸进花园

直到马头与人头一般高

直到她们断裾而去

当我手拿图纸　伏首案头

丈量女儿墙的位置

在我侧面的电视上，

希区柯克的男人正说道：

"我对珠宝钗环　现代诗

和行为上追求刺激的女人

都不感兴趣"

呵呵，剧情总是配合诗

气场也是如此

哀书生
——因绝调词哀书生而忆冯喆

整个种族是一个诗人
写下关于命运的古怪命题
——斯蒂文斯

活在1699年　你就是一介书生
风流偶傥美人缘
活在1969年　你就是一个罪人
披发散衣　掩面低首
密封在一套古老戏装
被批斗　被游街
被角色演绎你
成为你演绎过的角色

那一晚　彻夜未眠因为
在电影之外见到你
那一晚　彻夜未眠因为
你形容枯槁面如死灰
那一晚　彻夜未眠因为
你是牛鬼蛇神　万人唾弃
你就是一介书生附体　不问世事
世事有如桃花　夺目般开放
椎心式零落　桃花
随季节粹然而丽　世事
随念头翕然而移

香扇打开来就是美人花
合拢来便要了你的命
你就是一介书生　无论古今
且吟且睨且歌行
你就是一介书生　书生命
你就是起事事不成　造反反被造的那个
你就是坑儒时第一个该灭
青眼白眼最宜分的人

你鸡鸣晨起
悬梁后还要椎骨
披星戴月去赶考的书生
谢天谢地　本朝书生
命运胜过他们　虽然
那颗为读书而生的人头
依然悬着　为父母为老师
为名校为名校的升学率
几千年的赶考　今天还在赶
你是那个头发被拎着
去领取北大入学通知书的本朝书生？
你是一介书生　过去是
现在仍然是
你站错了队　再也站不回来
你死得空如箜篌　轻如鸿毛

桃花已乱开了好几个世纪
书生泪也被吹干了几百年
你还是那个一日不作诗
全天不快乐的人？
任你暮磬石磬平淡磬

也敲不醒桃花扇底的南朝
那个被渔樵话了又话的短命王朝
然者　你仍要作万古愁人
元气大伤的那一类？

大风吹　人头落
书生就是书生　你再活一百年
还是遭天谴的人
无论古今
都有这死得不值死无居所的人
因鸣镝而知天下亡
因叶落而溅起无边泪水

要你的命就是要冰山的
夺你的魂就是夺文章的
谴你的心就是谴人心的
原来是姹紫嫣红开遍
如今付与谁？
谁是轻柔扇底风？杀人风？
要吹就吹整整半个世纪吧
大风吹　书生尧

活在1699年　易碎的是人心，是王朝
活在1969年　俯首的是书生　是狷狂
你不再是壁上图　书上影　剧中人
你仅仅是一个牛鬼蛇神　万人唾弃
桃花扇底魂归西

张二棍

某山，某寺

1

俯首便拜
管他哪路神仙
俯首便拜
拜向一个跛脚乞丐
我拜下的时候
他藏起破茶缸。一脸庄严

2

有一座白塔，埋有舍利
有一座黑塔，埋有光缆
都动不得。一点心，都动不得
——此为佛，为法，为本初心

3

山门外，枣树的叶子落光了
枝头，挂着几枚枣，一个巢
让每个抬头的人，若有所思

4

一路走来，无非望，闻，听
一路走来，满面尘埃

在路上，并没有风，把尘土吹向我
——这尘埃，肯定是我多余出来的
望与闻，也是多余出来的

5

风中的蒲公英
斜在田埂的稻草人
公路边碎了一地的倒车镜
……

凡破败之物，皆我法身

6

半寺雪，半寺僧
半天白云，如裂开的袈裟

7

那个褴褛的朝圣人啊
为什么在庙门外
徘徊那么久，才肯进去
为什么在寺庙中
拜了那么久，还不出来

8

从前，僧人们打柴，种田，挑水
从前，僧人们使柴刀，役耕牛，望着
对岸浣衣的妇人发呆

9

菩萨低眉，金刚竖目

小和尚说，敲一次古钟，八十块钱

10

鱼游池中，是放生？
我的影子，被日头摁进水里
也是放生？
水太浅，我又不会游
怎么放生自己

11

鱼儿们，一次次藏身在
飞檐的阴翳里
梧桐和我的阴翳里
许久，一动不动
又倏忽散去
仿佛它们，正是我尚不自知
却分娩出来的
一部分，善意

12

素笺，小楷。某年
给乐山，写过一封信
署名，大佛，收
这么多年
杳无回音
大概没收到吧
罢了，通天的大佛
也无法走近
一只斑驳的邮筒。也无法
拆开一封兄弟的来信

13

所谓婆娑
就是那夜，风吹僧人宽大衣襟
所谓大千
就是如今，雨打比丘瘦削双肩

14

木鱼无心
晨钟暮鼓，也无心
无心的话
总给，有心人听

午后，佛堂空空
老和尚不说法
只，呧，呧
啜饮，一盅茶

15

小僧在溪畔
洗牛仔裤。他说
要下山的时候穿
我想起，刚刚从大巴上
下来的那些居士
望见山门
就忙着，换上一身海青

冬日公墓

1

如果是夏天
就会看见，一只只蝴蝶
在微风中
努力靠近
一朵朵花圈

2

现在，雪压着所有坟丘
仿佛捂上了巨大的口罩
呃，亡者也怕忍不住
泣不成声

3

向一座座墓碑弯下腰吧
哪怕素不相识
哪怕他们生前
卑微，懦弱，荒谬……
唉，那都是生前的事了

4

雪后的阳光真好
把我的影子叠放在
黑压压的石头上
仿佛，真能拓下

什么似的

5

路过一个男子的墓地
他和我同年，却不在了
是意外？是疾病？还是其他？
我与他墓庐上的荒草一样
对此都一无所知

拒　绝

又看见蚰蜒扔下多余的两条腿，跑了
昨天，还在苹果里发现过虫子
隐士般洁白。在那暗无天日之所
蠕动都是多余的。它拒绝长出
一条腿，一只手，一个眼睛
某年，一个村妇
产下拒绝了五官的婴儿，羞愧万分
将孩子溺入水中
那孩子，当然也拒绝了哭
——村妇已耄耋，白内障多年
看谁的脸，都一团模糊。拒绝医治

乡村断章

1

病得不厉害的时候

刘疯子，就站在戏台上吊嗓子
现在她死了
麻雀们替她站上去
咿咿呀呀地唱
比刘疯子叫得还疯
比昨天戏台边，那人拎走的
满满一网快死的麻雀
叫得还疯

2

春天来了，要下雨了，要种田了
种就种葵花，种就种谷子
种山药蛋，种莜麦，种黍子，种芸豆
……
地塄边，套种几株
累弯了腰的老农民

3

悲伤应该是乌鸦的样子
快乐应该是喜鹊的样子
只有，贫穷和屈辱
有时是麻雀的样子
有时是耕叔的样子
有时，是被耕叔打了一顿
瘫在墙角的耕婶的样子

4

旧时，掏不起彩礼，就去换亲
我们村有七八户换亲的人家
我们村，还有很多无亲可换的光棍

我们村很穷，我们村的光棍们

喜欢蹲在墙根

争辩美国、中国

他们围在一起

也会心怀天下

张佑峰

寇 庄

和北方的每个村庄一样
有良田，有果园，有压着黄纸的坟头
丘陵上有牛羊，村庄里有浪子
大田里有收不完的庄稼，河滩上有烧不尽的野草

有时候是七七四十九天的毒日头
有时候是七天七夜的连阴雨
更多时候，是星空下
各安其位的一众神祇

雪 夜

出差回来，在一个雪夜
我独自顺路回过一次寇庄
雪花簌簌落在车前挡风玻璃上
那些模糊的路径、房舍、林木
被记忆中一盏纸糊的灯笼再次照亮

发动机轻声震颤着，缓缓送着暖风
我却不敢打开车门，把脚踏上积雪的土地
因为我怕在这个寂静的冬夜
会惊动那些故去了的亲人

菜 窖

储存大白菜的地窖已经挖好
再过几天，大田里那些翠绿的白菜，就会
挨挨挤挤地填满这个大坑

如果天再冷
我寇庄的乡亲们会为它们铺上一重柴草
老天爷会为它们撒上一重霜，再压上一重雪

大 雪

大雪下了三天三夜
院子里都是窗户纸一样的白

只有磨盘上落着的几只灰灰的麻雀
半睁半闭着眼，像佛龛里的家神

家 道

我记得我们曾经的田园，放农具的屋舍，养牲口的草棚
门前越走越远的货郎鼓声，老屋后面藕塘的蛙鸣

我记得那时有奶奶，有姑姑，有一大家子的人口
我记得，那年丑我降生接受完乡邻的贺喜后
我们的家道就开始慢慢中落

静日思

盼望中的一场雪迟迟没有到来
隆冬时节，我在这个叫平阳的鲁中小城
一如既往地卑微生活着
是的，谋生、宴客、参加亲人的婚庆或是葬礼
吃下五谷百蔬
人间深处，把歌哭一再压低

因一场雪，我爱上过冬季
因为寇庄，我爱上了北方
我就是不说，因为你，我才那么强烈地爱着
这微苦的生活

心 结

我赞美过的山坡已经生满荆棘
我赞美过的少年已经远走他乡
在寇庄，我看到的房屋日益破败而得不到修缮
我看到的受苦之人，很多都是我的至亲

我儿时植下的桑树，树旁的人家已不知去向
我儿时饮过的井水，已经完全干枯

只有到夜晚，儿时的月亮会出来
它照到村东时，会照亮一溪清亮的河水，银子一样
它照到街心时，会点燃一根驱蚊的草绳，带着清香

但它从来不向村子的西边照：
好像那么些年了，那个命苦的人，还吊在村子西边矮
　　矮的树上

高　处

云从高处的岭顶上压下来，白得像棉花
风从有鸟窝的树梢吹过，树叶哗哗作响
樱桃才黄豆一样大，青青的，在枝头，顶着花的残萼

仰着头，我能听到你在叫我
但我没敢回头
我怕转过头来，满脸的泪水会吓到你

梦

抬头看看还是雨，像断了线的珠子
啪啪落在檐厦前的石阶上

翻翻身睡去，梦中，祁连山下
正挥鞭打马——腰间弯刀如月，身下马蹄声疾

晚　归

要不是流萤打灯天就黑了
要不是辘轳挡着牛就跑到人家地界里去了

星光下，爷爷吆喝着牛回家
所过之处，银河和大地都微微倾斜

庙 宇

下雨了，黄昏里，街上满是五颜六色的各式花伞
匆匆地，走向南、走向北、走向东、走向西

在这个陌生的城市里，我知道
每一把湿淋淋的雨伞
都会有一扇虚掩的门在等它回去
像秋风里的落叶，在空中飘啊飘
总会落在地上

只有那些不安分的魂灵，在人世间飘荡着
找不到自己的庙宇

日 课

每隔两个小时一次翻身，拍背
早晚量血压，测血糖
喂药，打胰岛素
冲洗膀胱
从父亲病倒后，这些就成了日课

有时睁着，多数闭着
他活在自己的世界里，已经不认识我有半年了
我给他喂水时他不认识

测体温时不认识
喊他爸时也不认识
这个叫老年痴呆的病症
已把我们父子，分在了两个世界

半夜醒来，我轻手轻脚地给他掖被角
看到他在凝视着我、轻声喊我乳名

多次的应答使我知道他并没有认出我来：
他活在我忙乱不堪的现实世界里
我活在他已经没有痛苦的睡梦中

辽 阔

天上飞着一只雄鹰
地上飘移着一个羊群，和一个牧人

从库车去往天山的路上，一百公里内
我只看到了这三种活的动物

分别对应着天上的北斗，天狼，和长庚

梅里雪山

雪崩时，没有一片雪花觉得自己有责任

在去雪山的路上
这些络绎不绝的游人

谁也不知道自己是雪花

堆在别人的心头

裂 帛

"春林花多媚，春鸟意多哀"
许是受这宏大唯美的画面影响
看着电视，莫名地就爱上了这支叫《子夜四时》的插曲
听不懂的吴侬软语，是不是
一定程度上拓宽了我对忠贞爱情的想象空间？

从前年少，我以为爱就是扑火的飞蛾，曾经那样投入
如今，怀着一颗成熟的心，携成千吨的烈性炸药
面对着你时，我还是想不管不顾地飞起

菩 萨

荠菜花是白的，苦菜花黄
蒲公英是一小片一小片的云朵

大病初愈，我站在河边长久地看小鸟学着起飞
因脸色苍白，春风里
我看上去也有了一点菩萨模样

疑　心

生性多疑，我总拿不准
我目前拥有的是你给予的，还是命里注定的：

这跳起来要命的心
这想起来发疯的人

张执浩

奇异的生命

两张纸屑在首义广场上空飞舞
婉转，轻逸
肯定不是风筝。我发誓
当它们降下来
以蛇山的沉郁为背景
我可以感受到它们的重量
而当它们高于山顶
我的视线无以为继
如此被动地飞
看上去却是主动的
阳光照在纸面上
我险些看见了黑暗的笔迹
而奇怪的是
那天广场上并没有风
两张纸屑飞累了以后
依然依偎在一起

摇 窝

一个女人坐在摇窝旁
用手，用脚
用膝盖、胳膊肘

用身体的任意部位

触碰摇窝

只要摇窝晃动

世界就是安静的

我见过这个女人

我见识过安静的生活

阳光穿过我们头顶的乌桕树

树叶颤抖而果实惨白

有人路过这棵树

站在天空打量我

有人在远方嘁她

她放下毛线活儿直起身来

摇窝依然在晃动

给稻草人挨衣服

稻草人的衣服一年换一次

我现在穿短袖了

他还穿着棉袄

（那是谁的烂棉袄？）

我现在拿着一把蒲扇一根竹竿

等会儿它们将出现在稻草人的手上

热风推着热浪

稻田青。麦田黄

稻草人身子前倾

歪斜的手臂上停着一只麻雀

大地安静。没有人

在午后像我一样不安地走动

没有人相信我能

把一件少年的海魂衫套进他的肩膀
蜻蜓在我身前飞
更多的蜻蜓飞在我左右
我看见稻草人立定在田头
他一定听见我的脚步声
分开了喜悦的茅草

墙边草

墙边草活在它去年死去的地方
和去年一样，那几缕绿
和去年一样，我蹲下来
查看墙缝，又站起来往前走
墙边草原地踏步
在光秃秃的角落强颜欢笑
和去年一样
它不会长得太高
也不会长得太久
如果太辛苦，它就去死
等来生再试试

簸箕与筛子

在一张灰白的照片里我赤裸着
坐在一只陈旧的簸箕中
我母亲端着一只筛子站在一旁
没有人告诉我这是在干什么
簸箕太大了，而我那么小

几乎接触不到簸箕之外的事物
我猜测过筛子里面的东西
我让他仰起脑袋看
那些密密麻麻的孔洞
母亲摇晃筛子，密密麻麻的灰
落下来。我看见了母亲
从无数个洞眼里看见了她
没有什么能够改变这个角度
我让他低下头来擦拭满脸泥水
并试图从簸箕里爬了出来
筛子还在摇晃，灰尘还在落
后来我见过的簸箕都在阳光下
里面总是铺满了红辣椒、萝卜条
我记得母亲喜欢将煮过的豇豆
一根一根晾晒在我坐过的簸箕里
午后，她端着筛子坐在台阶上
面朝我每次回家的那个方向

植物的爱情

一朵百合爱上了另外一朵百合
它该怎么办
一株荷花在六月的凌晨盛开了
一眼就看上了身边的另外一株荷花
霞光撩拨花蕊
它们各自抖落露水，等候
倒影在一起的那一刻
光阴蠕动，此消彼长
一条鲤鱼搅动的波浪断送了它们的念想

一只蜻蜓飞来，一群豆娘
曲身停靠在睡莲的美梦中
蝴蝶扇起的风推醒了凤尾兰
金钟花倒挂在竹篱上
蜜蜂过来将它们一一敲响

捡鸡蛋

天黑之前最后一件事
由我来干：捡鸡蛋
搬两块砖头垫在脚下
终于够到了鸡窝
摸遍每一个角落
把鸡蛋轻轻放进葫芦瓢
惊惶的鸡笼这才彻底安静了下来
我跨进门槛返身插上门闩
仍有凉意从门缝挤进屋
我还没有来得及告诉父母
那一刻我的心跳有多快

错　车

宽阔的马路上两辆婴儿车相向而行
两位推车的银发老人老远就相互招呼着
老远就能听见婴儿的啼哭声——
他的哭声那么大，以至于
她在看清了他的嘴脸后也哭了起来
两个老人对此置若罔闻

他们热情拥抱，彼此赞美
婴儿车停靠在一场秋雨过后的晌午
值得赞美的事情很多
值得哭泣的也很多

张作梗

扬州十年

我体内还有未用完的河山，
在荒草萋萋的雾霾中，还有垦殖和
播种的欲望。独自一人，我还在山坳搭云梯，
想攀上我那积雪的头顶。

唉扬州十年，
我浪费了多少奢靡和美景啊，
徒留下身体这条日暮途穷的歧路。
——这卑贱而无名的一生，还有谁可依恋，除了无常和
流徙；还有哪一座城市，可以痛快地花掉我的
余生以及依稀残存的
对这世界的爱？

不，我体内还有尚未用完的河山，
还有举目无亲的忧伤供我消夏、避寒，这就是
对抗凋零和枯萎的资本。
我依然在桨声灯影里"骑鹤下扬州"，
依然用老迈的诗句遍植杨柳——在我那
落寞而冷僻的关山一角。

我依然来而无往，切除掉盲肠一样的
归乡路，在这儿挣扎、困惑、抗争，死有余辜。
——我依然崇奉着美，

将内心残剩的一小片山河，
打理得花团锦簇。

仿真学

我假装看不见世界，倘若整个世界都是你。
我假装是个诗人，认为获奖来自偶然。
我同时出现在一首诗和
一篇散文中，
假装洞悉它们乃是同一种文体。

还有什么是真实的，如果生活是一个巨大的肥皂泡？
我归隐深山仍会被卫星定位，
我假装死了而我的诗仍苟活在世上。

我曾经误入过一次蜡像馆，那儿的
蜡像比真人更栩栩如生。
我假装不动声色，在里面流连，
实则面对这无处不在的仿真世界，没有谁比我更多余——
我更想逃之夭夭。

我假装摘下面具又悄悄把它戴在我的心上。
我给我的身体植入影子的芯片而用
雾清洗我的眼睛。
啊，倘若整个世界就是你，
在无尽的劳顿和流浪中。
我是否就是你唯一的底牌和真相？——

多少年了，我假装不爱你，而爱着蜡像馆里的蜡人，

我用戴着面具的心去参加大自然的化装舞会，
假装我们都是陌路人。而今，
一切消散了，
——获奖、诗歌、散文、肥皂泡、雾、影子，
为什么你仍徘徊不去，像最后一位观众，
守候着我生命空旷的舞台？

沉默之诗

我怎么能歌唱，假如田园将芜，而
毗邻身体而建的楼盘里，住着遥不可及的梦想；
假如太阳成筐腐烂，
草木只能喝着发霉变质的阳光生长；
假如造桥的人比桥更长寿，而卖瓜的
人比瓜更命短；
假如铁轨不是铺向远方，
而是曲曲弯弯遮遮掩掩，铺往一只猫腻的衣兜；
假如河流遭洗劫，只剩一截掖藏死猪的袖管；
假如奶瓶里装着的不是纯净得像婴儿一样的牛奶；
假如站立桥头不是为了看风景，
而是便于投水；
假如手心的汗水和茧花不能养活手背皴裂的阳光；
假如我们登上月球，带回的
只是一个美丽而虚幻的梦；
假如互联网拉近了世界而隔开了人心——
我怎么能歌唱，我的祖国？——
我的喉咙刚被北国的一枚炸弹炸伤，转而舌头
又被南方的一把刀子划破。

来，让我们谈谈死亡

没有更远的行旅，
也没有更近的捷径。
它就在那儿——与生如影随形。不因你拒斥而
遁逃，也不因你畏葸而消隐。有时，
它充盈你如一股丹田之气，
更多时候，它绑架你——
以疾病，以苦难，以忧愤和贫穷。

但暂时，它不会撕票。
它知道你的悲苦远远还未受够。
它还要留下你做活口，
去与这个世界讨价还价；它还要劫持你，
周游心的列国，让万物的
生长仿佛一个羞辱。

它就在那儿——规模永远像囚禁那么大。想与
不想，它都是你驾驭未知的参照物。
它那么神秘，洁身自好，
除非消殒，你才能进入它，窥见它的
真相，与之抱在一起。

但暂时，它仍会放你一马，让这个世界无休无止的
纠缠继续下去。尽管你愈来愈明了，
覆巢之下，岂有完卵？这世上
所有的是非因果最终都会归结为零；
没有更近的远方，

也没有更远的邻居。

哀 悼

哀悼舌尖上的飞禽和走兽。
哀悼被喉管捂死又吞咽的蛙鸣。
如许多年，我的口腔几乎可以改建为一个牧场。

我大脑里有一座森林，但那是不停遭我的胃砍伐的
　　森林。——

现在，让我哀悼我的胃，
它因不堪忍受珍馐之重而下垂。

我的青春编排的雁阵，几番聚合又离散，
带来了旷野上暮秋的露水和荒凉。

我体内有无数只公鸡……
它们不司晨，不报晓——静默有如
敲着生命的丧钟。——

啊那些被我饕餮的花朵、云霓、良辰和美景，
全都如此不易消化，它们堆积在我体内，
像结石一样折磨着我。

——哀悼这些暴怒的结石。
如果不是来自冥冥中的报复，
我怎会夜夜疼痛难眠？

傍晚：雪停

傍晚，雪停了。
至少三分之二的天空空了许多。
麻雀从砖洞里飞出，
牲口踢着结冰的槽子，
门道里，生炉子的人抱着柴烟，咳个不停。

黄昏被新雪映亮，
院子以及田野宽敞了许多。
船闸里的水声更响了。
雪前尚未干完的农活撂在地头，就
让它撂在那儿吧，
一场雪正好可以暂时宽慰经年的疲乏。——

有许多人和事，终究会如雪飘散，
消逝得无影无踪。深入雪，
便是深入它的融化，在纸巾一样的
擦抹里，感到土块的坼裂和
种子的孤独。一个用花装饰的世界，
会彻夜听到果实的哭泣。

傍晚，雪停了。
表象和本质在世界原点暂时达成和解。
然而顺着来路，有人已回不到过去。
雪消弭了物的界限，
人走进去像入侵。

后 记

　　本年度诗人选仍然延续上一年的惯例，从公开出版的刊物中遴选出不超过50人的年度优秀诗人及他们的作品，今年的选本一共入选了45位诗人；

　　本年度石头的长诗《献给鹅屋大山上的月亮》值得重点推荐，这是今年汉语诗歌最重要的收获之一，不但接通了唐宋的气息，也让读者看到今天的诗人对于写作的虔诚及态度，我越来越相信，好诗在民间，好诗人在民间，那些喧嚣的人和事，终是过眼烟云；

　　我惊喜地发现，这两年的选本里，80后、90后占的比重越来越大，虽然说，现在的诗坛，60后及70后是主力，但我在编选的过程中，越来越感觉到有些诗人已显出颓势。要致敬的是那些仍然在勤勤恳恳写作的50后诗人们，如大解、汤养宗、杨炼、翟永明等等，他们的存在，让年轻一代诗人在写作的道路上多了几个超越的目标。是的，对于年轻人来说，前辈就是用来超越的；

　　一直喜欢那些鲜活的词语、那些鲜活的生命。词语在不同的年代不同的诗人笔下可以永远鲜活，而生命只有一次，本年度一些鲜活的生命凋谢了，但他们仍然把最后的诗篇留在人间，比如马新朝。向那些逝去的歌者致敬吧，向生命致敬，向生生不息的后来者致敬。

　　　　　　　　　　　　　　2016年12月于北京定福庄

图书在版编目（CIP）数据

2016 年度诗人选／朱零编. -- 北京：作家出版社，
2017.1

ISBN 978 - 7 - 5063 - 9285 - 3

Ⅰ.①2… Ⅱ.①朱… Ⅲ.①诗集 - 中国 - 当代
Ⅳ.①I227

中国版本图书馆 CIP 数据核字（2016）第 305239 号

2016 年度诗人选

编　　者：朱　零
责任编辑：李宏伟
装帧设计：合和工作室
出版发行：作家出版社
社　　址：北京农展馆南里 10 号　　　邮　　编：100125
电话传真：86 - 10 - 65930756（出版发行部）
　　　　　86 - 10 - 65004079（总编室）
　　　　　86 - 10 - 65015116（邮购部）
E - mail：zuojia@ zuojia. net. cn
http：//www. haozuojia. com（作家在线）
印　　刷：三河市北燕印装有限公司
成品尺寸：152 × 230
字　　数：169 千
印　　张：25
版　　次：2017 年 1 月第 1 版
印　　次：2017 年 1 月第 1 次印刷
ISBN 978 - 7 - 5063 - 9285 - 3
定　　价：39.00 元